A ARTE DA
SABEDORIA

Título original: *Oráculo Manual y Arte de Prudencia*
Tradução a partir da adaptação de Joseph Jacobs, *The Art of Wordly Wisdom*
copyright © Editora Lafonte Ltda. 2021

Todos os direitos reservados.
Nenhuma parte deste livro pode ser reproduzida por quaisquer meios existentes sem autorização por escrito dos editores.

Direção Editorial   *Ethel Santaella*

REALIZAÇÃO

GrandeUrsa Comunicação

Direção   *Denise Gianoglio*
Tradução   *Otavio Albano*
Revisão   *Luciana Maria Sanches*
Capa, Projeto Gráfico e Diagramação   *Idée Arte e Comunicação*
Imagem de Capa   *Ub-foto / shutterstock.com*

```
      Dados Internacionais de Catalogação na Publicação (CIP)
                 (Câmara Brasileira do Livro, SP, Brasil)

      Gracián y Morales, Baltasar, 1601-1658
         A arte da sabedoria / Baltasar Gracián ; [tradução
      a partir da adaptação de Joseph Jacobs] ; tradução
      Otavio Albano. -- São Paulo, SP : Lafonte, 2021.

         Título original: Oráculo manual y arte de
      prudencia.
         ISBN 978-65-5870-225-2

         1. Máximas espanholas I. Título.

 21-91653                                           CDD-868
```

Índices para catálogo sistemático:

1. Máximas : Literatura espanhola   868

Eliete Marques da Silva - Bibliotecária - CRB-8/9380

Editora Lafonte
Av. Profª Ida Kolb, 551, Casa Verde, CEP 02518-000, São Paulo-SP, Brasil – Tel.: (+55) 11 3855-2100
Atendimento ao leitor (+55) 11 3855-2216 / 11 3855-2213 – atendimento@editoralafonte.com.br
Venda de livros avulsos (+55) 11 3855-2216 – vendas@editoralafonte.com.br
Venda de livros no atacado (+55) 11 3855-2275 – atacado@escala.com.br

BALTASAR GRACIÁN

A ARTE DA SABEDORIA

Tradução
Otavio Albano

Brasil, 2021

Lafonte

Prefácio

A obra *Oráculo Manual*[1] chamou minha atenção pela primeira vez quando li o admirável artigo do Sr. Grant Duff (atual *Sir* Mountstuart) sobre Baltasar Gracián na revista *Fortnightly Review* de março de 1877. Logo depois, adquiri uma cópia da excelente tradução de Schopenhauer e durante uma viagem pela Espanha consegui comprar, com certa dificuldade, uma edição de péssima qualidade das obras de Gracián (editada por Joseph Giralt em 1734, na cidade de Barcelona), contendo o *Oráculo Manual* ao final do primeiro volume, às páginas 431 a 494.

Em minha tradução, referencio esta obra e, nos excertos mais duvidosos do texto, busquei auxílio na primeira edição, de 1653, surgida em Madri, a mais antiga existente no Museu Britânico. Durante todo o tempo, mantive a edição de Schopenhauer ao meu lado, por se tratar – como afirma *Sir* Mountstuart Grant Duff – "uma obra mais bem acabada", embora eu tenha apontado em minhas notas algumas ocasiões em que, na minha opinião, ela tenha falhado em apresentar de forma correta o sentido que Gracián gostaria de passar. Tenho poucas dúvidas de que também possuo defeitos nesse quesito: não conheço nenhum estilo de prosa que possa oferecer tantas dificuldades a um tradutor quanto os lacônicos e artificiais epigramas de Gracián. Não é à toa que ele foi chamado de *Intraducible*. As duas versões anteriores em inglês deixam de captar seu significado real repetidas vezes e achei inútil referir-me a elas. Por outro lado, ousei adotar algumas das interpretações comumente afortunadas do *Sir* Mountstuart Grant Duff nos trechos contidos em seu artigo na *Fortnightly*.

Procurei reproduzir a concisão e o *Cultismo* de Gracián em minha versão, tentando manter suas muitas paronomásias, além de sua sonoridade. Posso também ter introduzido, aqui e ali, algumas outras de minha autoria para restabelecer a mesma melodia, nos

---

1 Uma das obras de Gracián que integram este livro. (N. do T.)

casos em que achei impossível produzir o mesmo efeito em inglês. Em tais ocasiões, geralmente forneço o excerto original em minhas notas. Sempre que possível, substituí os provérbios e ditados espanhóis pelos equivalentes em inglês, tentando preservar o ritmo e a brevidade característicos do original. Em suma, se me permitem dizê-lo, abordei minha tarefa com um espírito mais antenado com Fitzgerald do que com Bohn.

A joia presente na capa[2], uma oferta votiva a Hermes, o deus da Sabedoria do Mundo, tem sua origem em uma joia entalhada do Museu Britânico, do período áureo da arte glíptica grega. Devo agradecer ao Sr. Cecil Smith, da referida instituição, pelos gentis conselhos durante a seleção.

Permitam-me concluir essas palavras introdutórias com um conselho tão oracular quanto o meu original: ao ler este pequeno volume pela primeira vez, iniciem a leitura com apenas cinquenta máximas e deixem o restante para o dia seguinte.

Joseph Jacobs[3]

---

2 Referência à capa original e ao título em inglês, *The Art of Worldly Wisdom* ("A Arte da Sabedoria do Mundo"). (N. do T.)
3 Joseph Jacobs (1854-1916) foi um tradutor e historiador australiano que viveu na Inglaterra. (N. do T.)

1 Tudo já está em seu apogeu

Especialmente a arte de se tornar alguém no mundo. Hoje, requer-se mais de um único sábio do que antigamente era exigido de sete, e é preciso mais habilidade para lidar com um só homem do que era necessário, no passado, para lidar com todo um povo.

2 Caráter e intelecto

Os dois polos de nossa capacidade; um sem o outro é apenas metade do caminho para a felicidade. Não basta ser inteligente, também é preciso caráter. Por outro lado, é desafortunado o tolo que desconsidera sua posição, seu ofício, seu entorno e o círculo de amigos que lhe convém.

3

Mantenha o suspense

Admirar a novidade aumenta o valor das conquistas. É inútil e deselegante mostrar todas as suas cartas. Se você não se manifesta imediatamente, desperta expectativa, principalmente quando a importância de sua posição o torna objeto da atenção de todos. Adicione um pouco de sigilo a tudo, e seu próprio ar de mistério despertará veneração. E, ao tentar se fazer entender, não seja muito explícito, da mesma forma como não expõe seus pensamentos mais íntimos a todas as suas relações. O silêncio despretensioso é sagrado para a sabedoria. Uma decisão confessada nunca é altamente apreciada — apenas abre espaço a críticas. E, caso venha a falhar, você será desafortunado em dobro. Além disso, ao despertar a admiração e atenção de todos, você está trilhando o caminho Divino.

4

Saber e coragem

São estes os elementos da grandeza. Proporcionam imortalidade, já que são, por si só, imortais. Cada pessoa se resume àquilo que sabe, e o sábio pode qualquer coisa. Um homem sem conhecimento é um mundo sem luz. Sabedoria e força, olhos e mãos. E, sem coragem, o saber não leva a lugar nenhum.

5
Crie certa sensação de dependência

Uma divindade não é feita por quem a adorna, e sim por quem a adora. O sábio prefere as pessoas que precisam dele às que lhe são gratas. Manter o próximo no limiar da esperança é diplomático, confiar em sua gratidão é indelicado; a esperança tem boa memória, a gratidão é esquecida. Mais proveitosa é a dependência do que a cortesia. Aquele que saciou a sede dá as costas ao poço, e a laranja, uma vez espremida, vai da travessa de ouro ao cesto de lixo. Quando a dependência se esvai, o bom comportamento a acompanha, assim como o respeito. Que esta seja uma das principais lições da experiência: mantenha viva a esperança sem satisfazê-la por completo, preservando-a para que você seja sempre necessário, mesmo a um representante do trono. Mas não deixe que seu silêncio seja tal que leve o próximo a errar, tampouco deixe que o erro alheio se torne irreparável para seu próprio benefício.

6
O homem em seu ápice

Não nascemos perfeitos — a cada dia desenvolvemos nossa personalidade e nossa vocação até chegarmos ao ponto mais alto de nosso ser, na plenitude de nossas realizações e virtudes. Podemos reconhecer essa circunstância pelo nosso bom gosto, pela clareza de nosso pensamento, pela maturidade de nosso julgamento e pela firmeza de nossas vontades. Alguns nunca chegam a tal completude, sempre lhe faltando algo, enquanto outros levam muito tempo para isso. O convívio íntimo com esse homem pleno, sábio no falar e prudente nos atos, é admitido e até mesmo desejado pelas pessoas de bom senso.

7
Evite vitórias sobre seus superiores

Toda vitória gera ódio e, sobre seus superiores, é algo tolo ou fatal. As vantagens são sempre detestadas, ainda mais quando estão sobre alguém que está acima de você. A cautela pode encobrir vantagens comuns, como ao dissimular sua beleza com roupas deselegantes. Haverá aqueles que lhe concederão primazia na sorte ou no talento, porém, quanto ao bom senso, ninguém — e ainda menos um príncipe, pois se trata de uma prerrogativa real e qualquer reivindicação a ela seria um caso de lesa-majestade. Não deixam jamais de ser soberanos e desejam sê-lo na mais soberana das qualidades. Eles permitirão que um homem os ajude, entretanto nunca que os supere, e qualquer conselho que lhes seja dado deve parecer como uma lembrança de algo que eles mesmos esqueceram, em vez de uma explicação que não foram capazes de encontrar. Os astros nos ensinam tal sutileza com jovial discrição, já que — embora sejam seus brilhantes filhos — jamais se atrevem a brilhar como o sol.

8
Contenha suas paixões

Eis um privilégio da mais elevada ordem da mente. A superioridade desse feito irá o redimir de sujeitá-lo a impulsos passageiros e vulgares. Não há maior domínio do que aquele que se tem sobre si mesmo, sobre os próprios ímpetos — esse é o verdadeiro triunfo do livre-arbítrio. Enquanto as paixões governarem o caráter, não se pode almejar altos cargos; quanto maiores as paixões, menores os cargos. Evitá-las é a única forma de se esquivar de escândalos; na verdade, trata-se do caminho mais curto para uma boa reputação.

9

Evite as falhas de sua pátria

A água se molda às boas ou más qualidades dos veios por onde flui e o homem se molda ao clima em que nasceu. Alguns devem à terra natal mais do que outros, por haver um céu mais favorável sobre sua cabeça. Não há nenhuma nação, mesmo entre as mais civilizadas, que não tenha alguma falha peculiar passível de censura por outros países, seja por meio de exaltações ou de advertências. É um triunfo da inteligência corrigir — ou, pelo menos, ocultar — em si mesmo tais falhas nacionais; assim, você receberá grande crédito por ser o único entre seus compatriotas e, já que se trata de algo pouco esperado, maior será seu reconhecimento. Ademais, há também falhas de linhagem, posição, ofício ou idade. Se todas se combinarem em uma única pessoa e não forem devidamente prevenidas, poderão criar um monstro intolerável.

10

Sorte e fama

O que uma tem de inconstante, a outra tem de duradoura. A primeira serve para a vida, a segunda para após a morte; aquela se opõe à inveja, esta, ao esquecimento. A sorte é desejada, e às vezes nos ajuda; a fama é conquistada. O desejo de ter fama se origina nas melhores partes do homem. A fama sempre foi, e continua sendo, irmã de gigantes; sempre atinge extremos: monstros horríveis ou prodígios excepcionais.

11

Conviva com quem pode lhe ensinar algo

Faça com que suas relações de amizade sejam uma escola de erudição e suas conversas, fonte de cultura; desse modo, seus amigos se tornam seus mestres e você será capaz de combinar os prazeres da conversação às vantagens da instrução. Pessoas sensatas, portanto, desfrutam de prazeres alternados: colhem aplausos pelo que dizem e aprendem com o que ouvem. Geralmente, o que nos atrai nos outros é nosso próprio interesse, mas, neste caso, há um tipo superior de benefício. O sábio frequenta as casas dos nobres não por serem templos da vaidade, e sim por se tratarem de palcos da boa educação. Há cavalheiros considerados sábios simplesmente porque, além de se mostrar oráculos de grande magnitude com seu exemplo e comportamento, associam-se ao que há de mais elevado e grandioso em termos de sabedoria.

12

Natureza e arte, matéria e obra

Não há beleza sem adornos, nem excelência que não acabe em barbárie sem artifícios que a amparem: ambos remediam o que é ruim e aperfeiçoam o que há de bom. A natureza raramente nos oferece seu melhor; para tanto, devemos recorrer à arte. Sem ela, mesmo a melhor das habilidades é inculta, e sua excelência fica pela metade na ausência de capacitação. Todo homem possui em si algo bruto que carece de treinamento, e sempre se faz necessário certo tipo de polimento para que se atinja a perfeição.

13

Aja ora seguindo ao primeiro impulso, ora de acordo com pensamentos posteriores

A vida do homem é um combate contra a malícia dos semelhantes. A astúcia luta usando de mudanças estratégicas de intenção, sem fazer o que ameaça, visando simplesmente passar despercebida; mira no ar com destreza e acerta em uma direção inesperada, sempre procurando esconder seu jogo; deixa surgir algum propósito para atrair a atenção do oponente e, depois, volta-se contra ele e o vence com sua imprevisibilidade. Mas a inteligência profunda se antecipa à astúcia com a vigilância, mantendo-se à espreita. Sempre entende o oposto do que esta pretende fazer compreender e reconhece toda falsidade. Deixa o primeiro impulso passar e aguarda o segundo, por vezes o terceiro. A astúcia, ao ver seus artifícios descobertos, eleva-se a voos mais altos, tentando enganar com o uso da própria verdade, mudando seu jogo para trocar seus ardis, utilizando de intrigas sem dissimulações, baseando o embuste na franqueza. Porém, observadora, a inteligência já está atenta e revela a escuridão oculta pela luz, decifrando cada movimento, ainda mais sutil por causa de sua simplicidade. Assim é o combate entre a astúcia de Píton e a franqueza dos raios penetrantes de Apolo[2].

---

2 Píton, na mitologia grega, é uma serpente gigantesca que nasceu do lodo. Foi mandada por Hera para perseguir Leto, deusa do anoitecer, e acabou morta a flechadas por Apolo. (N. do T.)

14

A realidade e os modos

A "substância" não é suficiente, é também necessária a "circunstância", como dizem os escolásticos[3]. A falta de modos põe tudo a perder, até mesmo a razão e a justiça; os bons modos suprem tudo, amenizam um *não*, suavizam a verdade e são capazes de adicionar um toque de beleza à velhice. O *como* desempenha grande papel nas coisas, pois as boas maneiras atraem afeições. O bom comportamento é o êxtase da vida, e um semblante agradável ajuda a superar qualquer dificuldade de maneira notável.

15

Continue a cultivar auxiliares

É um privilégio dos poderosos se cercar de intelectos vencedores; assim, ficam imunes a todos os apuros da ignorância, já que lhes delegam a preocupação com quaisquer dificuldades. Servir-se de sábios é de um esplendor singular, excedendo em muito o costume bárbaro de Tigranes[4], que transformava em servos os reis que derrotava. É um novo tipo de dominação — o melhor tipo que a vida pode oferecer — ter como auxiliares aqueles que a natureza dotou de inteligência superior à nossa. Há muito a saber e pouco a viver: não há vida de verdade sem conhecimento. É preciso, portanto, notável habilidade para

---

3 Seguidores da filosofia escolástica, método ocidental de pensamento crítico e aprendizagem, com origem nas escolas monásticas cristãs, que concilia a fé com um sistema de pensamento racional, especialmente o da filosofia grega. (N. do T.)

4 Tigranes, "o Grande" (140 a.C.-55 a.C.), foi um rei da Armênia. Ficou conhecido por transformar seu reino no Estado mais poderoso a leste de Roma durante sua permanência no trono. (N. do T.)

aprender sem estudar, para saber muito por meio dos outros e, graças a eles, tornar-se sábio. Depois, em uma assembleia, você será capaz de falar em nome de muitos, bastando deixar sua boca falar por todos os sábios consultados de antemão; assim você obterá a fama de oráculo à custa do trabalho alheio. Tais intelectos vencedores destilarão as melhores obras e lhes servirão a quintessência da sabedoria. Quem não pode ter sábios como servos que os tenha como amigos.

16
Conhecimento e boas intenções

Ambos juntos garantirão a continuidade do seu sucesso. Um bom intelecto aliado a más intenções sempre foi um monstro antinatural. Intenções perversas acabam por envenenar qualquer perfeição: auxiliada pelo conhecimento, ela destrói com ainda mais sutileza. Trata-se de uma superioridade que apenas traz a ruína como resultado. Conhecimento sem bom senso, então, é loucura em dobro.

17
Varie a maneira de agir

Aja de formas diferentes, para distrair a atenção, especialmente de algum rival. Nem sempre reaja ao primeiro impulso, pois logo reconhecerão sua constância e, antecipando-se a seus projetos, acabarão por frustrá-los. É fácil matar uma ave que voa em linha reta, mas não aquela que faz zigue-zagues. Tampouco aja sempre de acordo com um propósito posterior — podem descobrir seus planos muito em breve. O inimigo está à espreita, é preciso grande habilidade para derrotá-lo. O bom jogador nunca joga a carta que o oponente espera, menos ainda a que ele deseja.

18

Esforço e habilidade

Não há distinção sem ambos e, quando unidos, ainda maior é a excelência. A mediocridade consegue mais com o esforço do que a superioridade sem. O trabalho é o preço pago pela reputação. O que custa pouco vale pouco. Mesmo nas posições superiores, são raros os casos em que falta habilidade ou talento. Muitas vezes, justifica-se preferir sucesso moderado em grandes coisas em vez da excelência em um cargo humilde por pura generosidade; porém se contentar com a mediocridade em um cargo humilde quando se pode ser excelente em uma posição elevada não tem justificativa. Por isso, tanto a natureza como a arte são necessárias, e o esforço há de coroá-las.

19

Não alimente expectativas exageradas

É um infortúnio comum a todas as celebridades não fazer jus às expectativas que se formaram em torno delas. O real nunca pode se igualar ao imaginado, pois é fácil conceber ideais, mas extremamente difícil concretizá-los. A imaginação se casa com a Esperança e dá à luz muito mais do que as coisas efetivamente são. Por maiores que sejam as qualidades, nunca serão suficientes para atender às expectativas e, como os homens se decepcionam com suas exorbitantes expectativas, mostram-se mais dispostos à desilusão do que à admiração. A esperança é uma grande falsificadora da verdade; faça com que suas habilidades o protejam contra tal coisa, garantindo que sua utilidade exceda o mero desejo. A princípio, sua credibilidade é suficiente para atiçar a curiosidade, sem um comprometimento final. É melhor que a realidade vá além do que foi idealizado e supere o que se esperava. Essa regra não vale para os homens vis, pois qualquer exagero lhes é de grande ajuda; ao se conhecer a realidade, o resultado é aclamado, pois o que parecia desastroso passa a ser considerado bastante tolerável.

20

O homem em sua época

Os indivíduos mais especiais dependem de sua época. Nem todos se encontram na época que merecem e, mesmo quando isso acontece, raramente sabem como aproveitá-la. Alguns homens seriam dignos de um século melhor, pois nem tudo que é bom triunfa sempre. As coisas têm sua hora, até mesmo a excelência está sujeita ao momento. O sábio, porém, tem uma vantagem: ele é imortal. Se este não for o seu século, muitos outros o serão.

21

A arte de ter sorte

Existem regras para a sorte, pois nem tudo é acaso para o sábio: deve-se ter auxílio do esforço. Alguns se contentam em se postar confiantemente diante dos portões da Fortuna, esperando que eles se abram. Outros fazem melhor, avançando e se valendo da própria perspicaz ousadia, conquistando a deusa e ganhando suas vantagens, guiados por sua virtude e seu valor. Contudo, refletindo sobre a verdade, não há outra escolha além do discernimento e da aptidão, pois não existe sorte nem azar, e sim sabedoria ou ignorância.

22

O homem de conhecimentos úteis

Os sábios se armam de uma erudição elegante e refinada; um conhecimento prático de tudo que é usual, um conhecimento especializado, e não ordinário. Possuem grande estoque de ditos espirituosos e eruditos e de ações nobres, e sabem como empregá-los nas ocasiões apropriadas, pois frequentemente se ensina mais com uma brincadeira do que por meio de ensinamentos mais sisudos. Saber conversar é mais útil do que as sete artes, por mais liberais que elas sejam.

23

Seja impecável

Eis uma condição indispensável à perfeição. Raras são as pessoas que não têm defeitos, físicos ou morais, especialmente porque todos nos apegamos às nossas faltas, mesmo podendo superá-las sem dificuldade. A perspicácia alheia não se cansa de lamentar ao ver um leve defeito em alguém com um conjunto de qualidades elevadas, bastando uma única nuvem para eclipsar o sol. Do mesmo modo, há manchas em nossa reputação que as más línguas logo descobrirão e apontarão continuamente.

Nossa maior habilidade residirá em transformá-las em qualidades. Foi assim que César soube cobrir de louros seus defeitos naturais.

24
Mantenha a imaginação sob controle

Corrija-a às vezes, estimule-a em outras, pois é extremamente importante para a nossa felicidade, e até mesmo para a nossa sensatez. A imaginação pode se mostrar opressora; não se contenta em observar; influencia e muitas vezes domina nossa vida, tornando-a divertida ou soturna, segundo a paixão que a conduz. Por isso cria homens complacentes ou frustrados. Para alguns, apenas causa desgostos, pois é o algoz dos tolos. Para outros, promete felicidade e aventura, alegres desilusões. A imaginação é capaz de tudo isso, a menos que a sujeitemos ao mais prudente autocontrole.

25
Seja um bom entendedor

No passado, a arte suprema era saber argumentar; agora, isso já não basta. Devemos saber como interpretar o sentido do que nos é dito, especialmente nas questões que podem nos ludibriar. Quem não é bom entendedor não se faz entender tão facilmente. Porém, por outro lado, existem pretensos adivinhos de nossos sentimentos e conhecedores das intenções alheias. As verdades que mais nos importam são faladas pela metade, mas, com a devida atenção, seremos capazes de apreender todo seu significado. Quando ouvir algo que lhe é benéfico, mantenha um rígido controle sobre sua credulidade; se lhe é desfavorável, estimule-a.

26
Descubra o ponto fraco de cada um

Eis a arte de colocar suas vontades em ação. Aqui, é preciso mais habilidade do que determinação. Você deve saber até onde chegar em cada caso. Não há vontade sem motivação, o que varia de acordo com o gosto pessoal. Todos são idólatras, alguns da fama, outros do interesse próprio, a maioria do prazer. O segredo consiste em conhecer esses ídolos e colocá-los em ação. Ao tomar conhecimento da mola mestra de alguém, você terá, por assim dizer, a chave de seus desejos. Recorra às motivações primordiais, que nem sempre são as mais elevadas, e sim frequentemente algo inferior de sua natureza — há no mundo muito mais desregrados do que disciplinados. A princípio se deve encontrar a paixão dominante de alguém, aplicar-lhe a palavra certa e colocá-la em movimento por meio da tentação; daí, infalivelmente, pode-se pôr em xeque seu livre-arbítrio.

27
Preze pela intensidade, e não pela extensão

A excelência não reside na quantidade, e sim na qualidade. O que há de melhor é sempre ínfimo e raro — a quantidade diminui o valor. Mesmo entre os homens, os gigantes costumam ser os verdadeiros anões. Alguns avaliam os livros pela espessura, como se tivessem sido escritos para exercitar mais os braços do que a mente. A mera extensão nunca se eleva acima da mediocridade: eis a desgraça dos gênios que se pretendem absolutos, que, por querer saber tudo, acabam não sabendo nada. A intensidade confere excelência, e ascende à glória nas questões relevantes.

28

Não seja vulgar em nada

Especialmente no gosto. Sábio e grandioso é aquele que fica aborrecido quando suas preferências agradam a multidão! Os excessos da aclamação popular nunca satisfazem os homens de bom senso. Certas pessoas são verdadeiros camaleões da popularidade, encontrando prazer não nos doces sabores de Apolo, e sim no hálito vulgar. Tampouco seja vulgar na inteligência. Não sinta prazer nos aplausos da multidão, pois a ignorância nunca vai além do encantamento. Enquanto a loucura vulgar se encanta, a sabedoria se atenta às ilusões.

29

O homem íntegro

Sempre do lado da retidão, com tamanha determinação que nem sequer as paixões vulgares nem a violência despótica podem jamais levá-lo a ultrapassar os limites da correção — este é o homem íntegro. Mas quem pode representar essa Fênix da equidade? Como a integridade tem poucos adeptos! É fato que muitos a celebram, porém... nos outros. Outros a seguem até a chegada de algum perigo, quando, então, passa a ser renegada pelos falsos e dissimulada pelos políticos. O homem íntegro não se importa em contrariar as amizades e o poder, nem mesmo o interesse próprio. É então que o perigo da deserção aparece: os astutos alegam distinções plausíveis para não ofender seus superiores ou o Estado. Entretanto aqueles que são francos e perseverantes consideram a dissimulação uma espécie de traição e dão mais importância à determinação do que à astúcia. Tais homens se encontram sempre do lado da retidão e, se fogem à presença de outrem, é porque estes faltaram com a verdade antes.

30

Não se envolva em atividades de má reputação

E muito menos com modismos que trazem mais desprezo do que renome. Há muitos caminhos ilusórios, e o homem prudente deve se abster de todos eles. Há gente que adota gostos bizarros que são repudiados pelos sábios e vivem apaixonados pela própria originalidade. Por isso chegam a ficar bastante conhecidos, porém mais como motivo de chacota do que de boa reputação. O homem cauteloso nem mesmo ostenta sua sabedoria, muito menos a respeito de assuntos que tornam seus seguidores ridículos. Não há necessidade de enumerar esses assuntos, pois o descrédito geral já os evidenciou o suficiente.

31

Acolha os afortunados e evite os fracassados

O infortúnio é geralmente resultado da tolice, e não há nada mais contagioso do que se envolver com tolos. Nunca abra a porta para o mal, por menor que ele seja, já que outros e maiores se esgueiram em seu encalço. A maior habilidade do jogador é saber quando descartar — a menor carta do lance atual vale mais do que a menor do jogo anterior. Na dúvida, siga o exemplo dos sábios e prudentes, que, cedo ou tarde, esbarram na sorte.

32

Seja conhecido como alguém agradável

A maior glória dos poderosos é ser agradável, prerrogativa dos reis para conquistar as boas graças de todos. Essa é a grande vantagem de uma posição de comando — poder fazer o bem mais do que qualquer um. Faz amigos quem é amigável. Por outro lado, há quem seja conhecido por ser desagradável, não pela dificuldade em agradar, e sim por não estar disposto a fazê-lo; estes se opõem à Graça Divina em tudo.

33

Saiba como retroceder

Se saber dizer *não* aos outros é uma grande lição de vida, ainda maior é a necessidade de fazê-lo a si mesmo, seja nos negócios, seja na vida pessoal. Há atividades excêntricas que consomem um tempo precioso. Ocupar-se com o que não lhe diz respeito é ainda pior do que não fazer nada. Para o homem prudente, não basta não interferir nos assuntos alheios, deve-se tomar cuidado para que não se interfira nos seus. Não se obrigue a se ocupar de todo mundo, esquecendo-se de si mesmo. Da mesma maneira, não abuse ou exija de seus amigos mais do que eles podem conceder. Todo excesso é uma falha, sobretudo nos relacionamentos pessoais. Com um sensato meio-termo, preservam-se a boa vontade e a estima de todos e, assim, a respeitabilidade não se esvai gradativamente. Mantenha, então, um caráter independente para escolher alguns eleitos e nunca pecar contra as implícitas leis do bom senso.

34

Conheça seu ponto mais forte

Se sua qualidade preponderante for cultivada, ela ajudará em todo o resto. Todos se destacariam em algo se soubessem o próprio ponto forte. Identifique aquilo em que você se sobressai e se dedique a esse dom. Em algumas pessoas, tal dom é relacionado ao intelecto; em outras, à bravura. A maioria, porém, distorce suas aptidões naturais, por isso não se destaca em nada. O tempo desmente tarde demais o que as paixões bajularam com celeridade.

35

Reflita, especialmente sobre o que é mais importante

Todos os tolos sofrem por não refletir o bastante. Nunca percebem sequer a metade das coisas e, como não conseguem notar as próprias perdas e ganhos, tampouco se esforçam com dedicação. Alguns valorizam demais o que tem pouca importância e menosprezam o que é significativo, sempre pesando na balança errada. Muitos nunca perdem o bom senso, já que não o têm. Certas questões devem ser analisadas com toda a atenção e, então, conservadas nas profundezas da mente. O sábio reflete sobre tudo, mas dedica maior profundidade àquilo que considera mais difícil, e onde percebe haver mais do que aparenta. Assim, sua compreensão se estende até os confins de suas apreensões.

36

Ao agir ou recuar, pondere sua sorte

Isso é mais importante do que compreender seu temperamento. Se é tolo aquele que pede a Hipócrates que cuide de sua saúde aos 40 anos, ainda mais tolo é quem se dirige a Sêneca em busca de sabedoria[5]. É uma grande habilidade saber como administrar a própria sorte, mesmo à espera de seus desdobramentos, pois se deve agir nos momentos certos, já que tudo tem seu tempo e suas oportunidades, embora não seja possível calculá-las com exatidão, tamanha a irregularidade de seus caminhos. Quando encontrar a Fortuna favorável, avance sem receio, pois ela favorece os ousados e os jovens. Contudo, caso se encontre com o azar, recolha-se para não redobrar a influência de suas adversidades.

37

Saiba como ser sarcástico

Este é o ponto que exige mais tato nas relações humanas. O sarcasmo costuma ser usado para testar o humor dos homens e,

---

[5] Hipócrates (460 a.C.-370 a.C.) é considerado uma das figuras mais importantes da história das ciências médicas, frequentemente nomeado o "pai da medicina". Sêneca (4 a.C.-65) foi um filósofo estoico e um dos mais célebres advogados, escritores e intelectuais do Império Romano. (N. do T.)

por meio dele, muitas vezes se obtém a mais sutil e penetrante alusão ao que vai em seu coração. Certos sarcasmos são maliciosos, insolentes, envenenados pela inveja ou pelas paixões, raios inesperados que destroem a um só tempo qualquer estima e gentileza. Atingidos por uma única palavra, muitos se afastam de qualquer convívio com seus superiores ou inferiores, mesmo aqueles que não se sentiriam abalados por toda uma conspiração popular ou pela maledicência de alguns. Outros sarcasmos, ao contrário, têm efeito favorável, confirmando e amparando a reputação. Porém, quanto maior a habilidade com que são pronunciados, maiores são a cautela e a atenção com que se deve considerá-los, uma vez que a melhor defesa é o conhecimento de um mal, e um golpe previsto de antemão sempre erra o alvo.

38

Abandone o jogo enquanto está ganhando

Todos os melhores jogadores fazem isso. Uma retirada estratégica é tão boa quanto um ataque destemido. Resguarde seus resultados quando são abundantes, ou mesmo suficientes. A sorte duradoura sempre provoca suspeitas; parece mais segura quando é intermitente, e se torna ainda mais palatável quando imbuída de um gosto agridoce. Quanto maior a sorte, maior o risco de um deslize, fazendo com que tudo vá por água abaixo. Às vezes, a brevidade da Fortuna é compensada pela intensidade de seus benefícios — ela logo se cansará de carregar alguém nas costas por muito tempo.

39

Reconheça quando as coisas estão no clímax, e saiba então apreciá-las

Todas as obras da natureza atingem certo ponto de maturidade, chegando à perfeição, para então deteriorar. Poucas obras de arte chegam a um ponto em que não podem ser melhoradas. É um privilégio exclusivo do bom gosto saber desfrutar de cada coisa em seu clímax. Nem todos são capazes de fazê-lo, e aqueles que podem raramente sabem o momento certo para tal fruição. Mesmo os frutos do intelecto têm esse ponto de maturação; deve-se saber reconhecê-lo, para poder apreciá-lo e usá-lo.

40

A boa vontade dos outros

Conquistar a admiração de todos é penoso; ainda mais, sua afeição. Trata-se de algo que depende menos de nossa disposição natural e mais de nosso esforço — a primeira consolida o segundo. Não basta ter qualidades vistosas, embora se suponha ser mais fácil conquistar a afeição depois de ter ganho suas opiniões. Atos de bondade são necessários para produzir sentimentos de bondade — deve-se fazer o bem com palavras e ações, amar para ser amado. A cortesia é o encantamento das grandes personalidades. Primeiro aja e, depois, passe ao papel: da espada às letras, pois também há boa vontade destinada aos escritores, e esta é eterna.

41

Nunca exagere

Preste bastante atenção para não falar com superlativos, para não faltar à verdade nem passar uma ideia mesquinha da própria sensatez. Os exageros são uma fraqueza de julgamento que demonstra estreiteza de conhecimento e gosto. O elogio desperta viva curiosidade e gera desejo, mas, se depois a realidade não corresponder ao valor que lhe foi creditado — como geralmente acontece — a expectativa se rebelará contra o engodo e se voltará contra aquilo que lhe foi recomendado e quem o recomendou. O homem prudente age com mais cautela e prefere pecar por falta do que por excesso. São raras as coisas realmente extraordinárias, portanto modere suas avaliações. O exagero é uma ramificação da mentira e pode arruinar a reputação de seu bom gosto, que é importante, e de sua sabedoria, que é primordial.

42

Autoridade nata

É uma força misteriosa da superioridade não precisar de artifícios engenhosos para progredir, bastando dispor de sua liderança natural. Todos se submetem a essa autoridade nata sem saber o porquê, reconhecendo seu vigor secreto. Esses gênios imponentes são reis por mérito e leões por privilégio. Pela estima que inspiram, conquistam o coração e a mente dos demais. Além disso, se suas outras qualidades o permitirem, esses homens nasceram para ser as principais forças propulsoras do Estado, conquistando mais com um gesto do que os demais com infindáveis sermões.

43

Reflita com poucos e fale com muitos

Nadar contra a corrente não desfaz enganos e expõe a perigos — apenas alguém como Sócrates seria capaz de fazê-lo. Discordar é considerado um insulto, pois incorre em condenar as opiniões alheias. E o desprezo se multiplica, já que muitos se ofendem em consideração ao assunto e à pessoa censurados. A verdade é para poucos, o erro é comum e vulgar. O sábio não é conhecido pelo que apregoa em público, já que ali não é sua a voz que se ouve, e sim apenas a da tolice popular, por mais que seus pensamentos a contradigam. O sensato evita ser contrariado tanto quanto contrariar — embora seja rápido na censura, não se apressa em anunciá-la. O pensamento é livre, a força não pode nem deve ser usada para desrespeitá-lo. Por isso, o sábio se recolhe no próprio silêncio e, se um dia se revelar, será para poucos qualificados.

44

Afinidade com grandes mentes

É uma notável qualidade se aliar aos grandes, assim como um milagre da natureza, igualmente misterioso e benéfico. Há uma afinidade natural entre corações e mentes: seus efeitos são tamanhos que a ignorância vulgar cheira a feitiçaria. Estabelecida a simpatia mútua, segue-se a boa vontade e, às vezes, chega-se ao afeto; essa aliança convence sem palavras e alcança êxitos sem interesses. Há tanto uma simpatia ativa como passiva, ambas causadoras de felicidade e grandiosidade. É uma arte importante a reconhecer, distinguir e conquistar, pois não há esforço afortunado sem essa dádiva da natureza.

45

Faça uso da astúcia, mas sem exageros

Não se deve se orgulhar da própria astúcia, e muito menos ostentá-la. Todos os seus artifícios devem ser ocultados, especialmente, a perspicácia, que é odiada. Hoje, trapaças são largamente utilizadas, por isso nossa cautela deve ser redobrada, mas sem que a manifestemos, pois ela causaria desconfianças e muitos aborrecimentos, induzindo à vingança e despertando males inimagináveis. Agir com cautela traz grandes vantagens, e não há prova maior de sabedoria. A maior habilidade em qualquer ação consiste na maestria com que ela é executada.

46

Controle suas antipatias

Frequentemente nos deixamos levar por antipatias, antes mesmo de saber qualquer coisa a respeito de certa pessoa. Às vezes, essa aversão inata — e vulgar — dirige-se a pessoas eminentes. O bom sendo deve dominar esse sentimento, já que não há nada mais depreciativo do que detestar aqueles que são melhores do que nós. Assim como a simpatia pelos grandes homens nos enobrece, a antipatia nos arruína.

47

Evite as "questões de honra"

Eis uma das principais recomendações da prudência. Para o homem de grandes habilidades, os extremos são separados com longas distâncias entre si, e ele sempre se mantém na metade do caminho, de modo a demorar para alcançar qualquer uma das pontas. Assim, é mais difícil chegar aos extremos do que ter que se afastar deles. Tais situações testam nosso julgamento e é melhor evitá-las do que enfrentá-las. Uma questão de honra leva a outra, e pode culminar em uma questão de desonra. Há homens que, por sua natureza ou mesmo por sua pátria, vivem se metendo nesses apuros. Mas, para aquele que é guiado pela luz da razão, tais questões requerem longas reflexões. É mais valioso não se envolver do que subjugar esses assuntos. Quando já há um tolo disposto a essas situações, não existe necessidade de haver um segundo.

48

Seja completo

O quanto vai variar de pessoa a pessoa. Em todas as coisas, o interior deve valor tanto quanto o exterior. Há indivíduos que são apenas uma fachada, como casas que — por falta de recursos — ostentam o pórtico de um palácio, porém cujos cômodos pertencem a uma choupana. De nada adianta importunar essas pessoas, por mais que elas o importunem, já que suas conversas não resistem à primeira saudação. Elas destilam os primeiros elogios como pavões, entretanto logo sua voz se silencia, pois as palavras se esgotam onde não há uma torrente de pensamentos. Elas podem enganar os que têm uma visão superficial, mas não os astutos, que, olhando-as por dentro, nada encontram além de matéria desprezível.

49

Observação e julgamento

O homem com essas qualidades domina tudo, sem se deixar dominar. Sabe investigar o que há de mais profundo e analisar os outros por meio da fisionomia. Ao ver uma pessoa, é capaz de compreendê-la e julgar sua natureza mais íntima. Ao cabo de algumas observações, decifra os recônditos mais ocultos de sua índole. Contemplação aguçada, percepção sutil e dedução sagaz: eis seus ingredientes para tudo descobrir, perceber, apreender e compreender.

50

Jamais perca o respeito por si mesmo

Nem seja muito intransigente consigo próprio. Deixe que seus sentimentos, desde que adequados, sejam o padrão de sua integridade, e aplique mais rigor ao próprio julgamento do que a quaisquer preceitos externos. Evite qualquer imoralidade, mais por respeito a si mesmo do que por receio de alguma autoridade alheia. Respeite-se e não precisará da mentoria imaginária de Sêneca.

51

Saiba escolher

É das escolhas que depende a maior parte de sua vida. Boas escolhas requerem bom gosto e correto julgamento e, para adquiri-los, não basta apenas ter intelecto e estudo. Para fazê-las, é necessário praticar: você precisa ser capaz de fazer escolhas e, a partir daí, optar pela melhor. Há muitos homens de mente fecunda e sutil, de discernimento aguçado e muita erudição, além de serem observadores perspicazes; no entanto, não conseguem se decidir. Acabam escolhendo o que há de pior, como se tentassem deliberadamente errar. Por tudo isso esse é um dos dons mais elevados.

52

Nunca perca o controle

Um dos grandes objetivos da prudência é nunca ter que passar por situações constrangedoras. Esse é o sinal de um homem de coração nobre, pois a grandiosidade não é facilmente afetada. As paixões são os humores da alma, e todo excesso enfraquece o bom senso; se essas paixões chegam a transbordar pela boca, sua reputação estará em perigo. Seja, portanto, tão ponderado e tão grandioso que — mesmo sob as circunstâncias mais afortunadas ou adversas — nada possa causar qualquer dano à sua reputação por perturbar seu autocontrole, e sim, pelo contrário, você seja capaz de aprimorá-la ao mostrar sua superioridade.

53

Diligente e inteligente

A diligência realiza prontamente o que a inteligência cogita com vagar. A pressa é a falha dos tolos — eles não reconhecem o momento crucial e começam a agir sem preparação. Os sábios, ao contrário, falham com mais frequência ao hesitar; conjecturas levam à deliberação, ao passo que ações descuidadas muitas vezes invalidam julgamentos precipitados. A presteza é a mãe da boa fortuna. Muito faz quem não deixa nada para amanhã. *Festina lente* é, na verdade, um dito soberano[6].

54

Saiba como mostrar as garras

Até mesmo as lebres são capazes de puxar a juba de um leão morto. A coragem não é motivo de piada. Se você ceder uma vez, cederá novamente, e para sempre; ao fim, para conseguir se impor, terá tanto trabalho como se o tivesse feito no início. A coragem moral excede a física — assim como uma espada, deve ser mantida constantemente na bainha da cautela. Trata-se do seu escudo-mor: a covardia moral é mais degradante do que a física. Muitos com qualidades eminentes levaram uma vida inerte por falta de um coração forte, e acabaram sepultados na própria negligência. A sábia natureza habilidosamente combinou a doçura do mel da abelha com seu penetrante ferrão.

55

Espere

É sinal de um coração nobre e dotado de paciência nunca ter pressa, nunca se exaltar. Antes de pretender dominar os outros, domine a si mesmo. Você deve passar pela circunferência do tempo antes de chegar ao centro da oportunidade. Aguardar sabiamente fortalece os objetivos e amadurece os métodos.

---

6 *Festina lente* é um oximoro em latim que significa "se apresse devagar". É atribuído a Augusto (63 a.C.-14), fundador do Império Romano, e sugere que o trabalho executado com vagar é melhor do que quando feito às pressas. (N. do T.)

A muleta do tempo é mais poderosa do que a clava de Hércules. Deus não castiga com um bastão, e sim com o tempo. Eis um grande ditado: "O tempo e eu contra quaisquer outros dois". A própria sorte recompensa a espera com o grande prêmio.

56

Tenha um bom discernimento

O bom discernimento é filho de uma alma feliz. Em virtude de sua vivacidade e atenção, não há que se recear apuros nem infortúnios. Muitos refletem em demasia para errar ao fim, outros alcançam seus objetivos sem pensar antes: estes têm grande poder de Antiperístase[7] e funcionam melhor nas emergências. São como monstros que têm sucesso em tudo que fazem de improviso, mas falham em tudo que se põem a refletir. O que não lhes ocorre imediatamente nunca acontecerá — para eles não há segunda chance. A rapidez arranca aplausos porque revela capacidade notável, sutileza de julgamento e prudência na ação.

57

Ponderado e seguro

Rápido o suficiente para ser bem executado. O que se faz com rapidez com rapidez pode ser desfeito. Para que algo dure uma eternidade, deve-se gastar o mesmo tempo em sua preparação. Apenas a perfeição conta; apenas o acerto permanece. A compreensão profunda é a única base para a imortalidade. Custa muito o que tem muito valor. Os metais preciosos são aqueles que pesam mais.

---

7 Termo da filosofia que expressa o aumento de intensidade de uma sensação pelo contraste com a sensação contrária, anteriormente experimentada. (N. do T.)

58

Adapte-se às companhias

Não há necessidade de mostrar suas habilidades para todos. Não se esforce mais do que o necessário. Não desperdice seu conhecimento ou poder despropositadamente. Um bom falcoeiro somente usa as aves apropriadas a cada presa. Se você ostentar todos os seus dons hoje, talvez não lhe reste nada para mostrar amanhã. Tenha sempre à mão alguma novidade para exibir. Mostrar algo novo a cada dia mantém viva a expectativa e dissimula os limites de suas habilidades.

59

Saiba como chegar ao fim

Na casa da Fortuna, quem entra pela porta do prazer sairá pela porta do pesar, e vice-versa. Por isso, muito cuidado ao concluir as coisas, dando mais importância a um desfecho elegante do que aos aplausos no início. É comum ao desafortunado ter começos muito favoráveis e fins bastante trágicos. O mais relevante não é a aclamação popular à entrada — o que é mais fácil de se obter — e sim o sentimento geral à saída. Poucos na vida parecem merecer ovações. A Fortuna raramente acompanha à porta os que saem: por mais calorosa que seja sua recepção, sua despedida é sempre fria.

60

Um julgamento sólido

Alguns nascem sábios e, com essa vantagem natural, iniciam seus estudos com metade de seu trabalho já feito. Com a idade e a experiência, sua razão amadurece, assim, desenvolvem um julgamento correto. Abominam qualquer capricho que lhes afaste da prudência, especialmente em assuntos de Estado, em que a convicção é primordial, dada a importância das questões envolvidas. Essas pessoas merecem estar no governo, seja como líderes, seja como conselheiros.

61

Destaque-se no que é melhor

Trata-se de uma grande raridade até entre pessoas superiores. Não se pode ser grande sem ter algo em que se sobressaia. A mediocridade nunca é objeto de aplausos. A eminência em algum cargo distinto tira a pessoa da vulgaridade e a eleva à categoria dos eleitos. Destacar-se em um cargo pequeno é ser muito para pouco: quanto mais fácil, menor a glória. A mais alta distinção em grandes assuntos tem a verdadeira qualidade de despertar admiração e conquistar a boa vontade.

62

Tenha bons assistentes

Certas pessoas pretendem provar sua inteligência se cercando de assistentes inferiores. Trata-se de um deleite perigoso, que será merecedor de uma punição fatal. A qualidade de um funcionário nunca diminuiu a grandeza de seu patrão. Toda a glória do sucesso sempre recai sobre a figura principal, assim como as críticas. A fama sempre é atribuída aos superiores. Nunca vão dizer: "Esse homem tinha bons assistentes; aquele tinha péssimos funcionários", e sim: "Esse era um homem perspicaz; aquele, não". Selecione bem seus assistentes, avaliando-os de antemão, pois você lhes confiará a imortalidade de sua reputação.

63

As vantagens de ser o primeiro

Vantagens dobradas, se acompanhadas da maestria. Ter direito ao primeiro movimento é uma enorme vantagem quando todos os jogadores estão em pé de igualdade. Muitos homens seriam considerados verdadeiras Fênix se tivessem sido pioneiros. Os primeiros são herdeiros da Fama; os demais apenas recebem os despojos de um irmão mais novo — não importa o que façam, nunca chegarão a persuadir a sociedade de que não são meros imitadores. A habilidade dos prodígios é capaz de lhes encontrar um novo caminho para a eminência, contanto que a prudência os acompanhe por todo o caminho. Ao inovar em diversas áreas, os sábios garantirão seu lugar no livro de ouro dos heróis. Por isso alguns preferem ser os primeiros na segunda classe do que tomar um lugar secundário na primeira.

64

Evite preocupações

Essa atitude traz sua própria recompensa. Ela evita muitos dissabores, portanto gera felicidade e satisfação. Não seja o portador nem o destinatário de más notícias, a não ser que possam ajudar em algo. As orelhas de certas pessoas estão entulhadas de elogios adocicados, enquanto outras acumulam o amargor das fofocas; há também quem não saiba viver sem aborrecimentos diários, assim como Mitrídates com seu veneno[8]. Tampouco devemos viver sempre contrariados a fim de agradar outra

---

8 Mitrídates VI (132 a.C.-63 a.C.) foi um imperador turco. Com um medo paranoico de ser assassinado, tomava pequenas doses diárias de veneno com o objetivo de adquirir imunidade. (N. do T.)

pessoa, por mais próxima e querida. Você nunca deve arruinar a própria felicidade para contentar alguém que o aconselha enquanto se mantém a distância; em qualquer circunstância, sempre que agradar aos outros significa desagradar a si mesmo, vale mais aborrecê-los hoje do que a si mesmo — e em vão — amanhã.

65

Gosto apurado

O gosto pode ser treinado tanto quanto o intelecto. Um conhecimento integral estimula o desejo e aumenta o prazer. Você é capaz de reconhecer um espírito nobre pela ascensão de seus gostos: é preciso esplendor para satisfazer mentes amplas. Grandes bocados para grandes paladares, coisas grandiosas para espíritos elevados. Até os mais valentes tremem diante do julgamento dos homens de bom gosto, e mesmo os mais perfeitos perdem a autoconfiança. Poucas são as coisas de primeira importância: poupe sua admiração. O gosto pode ser adquirido pelo convívio: associe-se com pessoas altamente refinadas. Mas não se mostre insatisfeito com tudo, o extremo da tolice, sobretudo quando se trata de pura afetação. Há aqueles que desejam que Deus tivesse criado outro mundo e outros ideais, simplesmente para satisfazer sua extravagante imaginação.

66
Assegure-se de que as coisas acabarão bem

Alguns dão mais valor aos rigores do jogo do que à vitória, porém, para a sociedade, o descrédito do fracasso final acaba com qualquer reconhecimento pelo esforço empreendido. O vencedor não precisa dar satisfações. A sociedade não presta atenção às circunstâncias, apenas aos bons ou maus resultados. Você não perde nada ao vencer. Um final feliz faz tudo brilhar como ouro, por mais insatisfatórios os meios, pois é uma arte quebrar as próprias regras quando não há outra forma de garantir um bom resultado.

67
Prefira vocações em evidência

A maioria das coisas depende da satisfação alheia. A estima está para a excelência como a brisa está para as flores: trata-se do sopro da vida. Certas vocações recebem a aclamação de todos, ao passo que outras, embora mais relevantes, são completamente depreciadas. Enquanto aquelas captam os olhares e a estima, estas permanecem invisíveis e despercebidas; honradas, mas sem aplausos. Entre os monarcas, são mais célebres os vencedores — por isso os reis de Aragão[9] foram aclamados como guerreiros, conquistadores e grandes homens. Um homem notável preferirá vocações em evidência, conhecidas e partilhadas, para que possa ser imortalizado pela aprovação de todos.

---

9 A Coroa de Aragão abrangia o conjunto dos territórios que estavam sob a jurisdição do rei de Aragão entre 1164 e 1707. Até o século 14, expandiu-se por todo o Mediterrâneo, tendo como capital a atual cidade de Barcelona. (N. do T.)

68
É melhor ajudar com a inteligência do que com a memória

Vale mais entender algo do que simplesmente sabê-lo de cor. Muitas pessoas deixam de fazer o que é oportuno por puro esquecimento: nessas horas, a explicação de um amigo pode ajudá-las a perceber suas vantagens. É um dos maiores dons da mente ser capaz de oferecer o que é necessário no momento, e a falta desse dom faz com que muitas coisas deixem de ser realizadas. Compartilhe a luz de seu intelecto quando dispor dela e, quando não a tiver, solicite-a; entretanto se lembre de compartilhar com cautela e pedir com cuidado. Não dê mais do que uma orientação: tal sutileza é especialmente necessária quando se desperta o interesse daqueles a quem você ajuda. Deve-se oferecer apenas uma amostra a princípio, fornecendo mais quando a explicação inicial já não for suficiente. Se o pupilo lhe responde com um *não*, use suas habilidades em busca do *sim*. Eis onde reside a astúcia, pois a maioria das coisas não é conquistada simplesmente por falta de tentativa.

69
Não ceda a impulsos vulgares

Grande é o homem que nunca se deixa influenciar pelas impressões dos outros. Refletir por si mesmo é a escola da sabedoria, assim como conhecer sua própria índole e antecipá-la, a ponto de seguir até o extremo contrário para encontrar o meio do caminho entre a natureza e a arte. O autoconhecimento é o início do autoaperfeiçoamento. Certas pessoas têm disposições tão monstruosas que estão sempre sob a influência de uma ou mais delas, colocando-as no lugar de suas reais inclinações. Acabam dilaceradas por enorme desarmonia, e seus esforços se tornam contraditórios. Tais excessos não apenas destroem a vontade, como põem a perder qualquer capacidade de julgamento, levando o desejo e o conhecimento a direções opostas.

70

Saiba dizer não

Não se deve ceder em tudo, nem a todos. Saber dizer não é, portanto, tão importante quanto saber dizer sim. Este é especialmente o caso de quem está em posição de comando. Tudo depende de como fazê-lo. O não de alguns homens tem mais força do que o sim de outros, pois um não elegante vale mais do que um sim seco e frio. Há aqueles que sempre carregam a negativa entre os lábios, tornando tudo desagradável. Negar lhes ocorre sempre em primeiro lugar e, quando cedem, de nada lhes serve, dado seu caráter desagradável. Não se deve dizer não diretamente — deixe a decepção ser percebida aos poucos. Tampouco torne seu não absoluto, pois assim você acabaria com a dependência que lhe têm — mantenha um pouco de esperança no ar para suavizar a rejeição. Deixe que a cortesia a compense e que belas palavras substituam suas ações. Sim e não são palavras breves, mas dão muito no que pensar.

71

Não vacile

Não deixe que suas ações sejam afetadas, nem por seu temperamento, nem pelas aparências. O homem capacitado é sempre o mesmo no que concerne suas melhores qualidades, recebendo crédito pela confiabilidade. Se muda, o faz por um bom motivo ou por respeito. Em termos de conduta, qualquer vacilo é odioso. Existem pessoas que se transformam a cada dia: sua inteligência varia, sua vontade se altera e, com isso, também muda sua sorte. O que era branco ontem se tornou preto hoje; o *sim* de hoje foi o *não* de ontem. Essas pessoas sempre destroem seus créditos, tanto para si como para os outros.

72

Seja resoluto

A má execução de seus projetos causa menos danos do que a falta de decisão ao elaborá-los. Riachos provocam menos danos ao fluir do que quando são represados. Certas pessoas têm propósitos tão débeis que demandam a todo tempo a orientação de outras, o que não é causado pela perplexidade de seus pensamentos — pois são capazes de refletir com clareza — e sim por pura incapacidade de agir. É preciso habilidade para descobrir as dificuldades, e ainda mais para achar a saída para os problemas. Há também pessoas que nunca se veem em apuros, pois seu julgamento é nítido e seu caráter determinado as leva a cargos elevados — sua compreensão lhes facilita o acerto e sua resolução as conduz ao alvo. Resolvem qualquer coisa com rapidez e, assim que terminam de decidir sobre um assunto, estão prontas para o próximo. Associadas à Fortuna, asseguram-se do sucesso.

73

Saiba ser evasivo

É assim que pessoas inteligentes se livram de dificuldades. Elas saem dos mais intrincados labirintos por meio de algum comentário espirituoso. Com um sorriso ou algum gesto insignificante, libertam-se de sérias discussões. A maioria dos grandes líderes é experiente nessa arte. Quando se deve recusar algo, é a maneira mais educada de mudar de assunto. Às vezes, a maior prova da compreensão é se fazer de desentendido.

74

Não seja antissocial

Os verdadeiros animais selvagens vivem nos lugares mais povoados. Ser inacessível é a falha de quem não confia em si mesmo, cujos humores mudam conforme o tempo. Não se ganha a boa vontade dos outros se mostrando irritadiço. É realmente espetacular ver um desses monstros intratáveis que fazem questão de se orgulhar de sua impertinência. Seus subalternos — que têm a infelicidade de conviver com eles — falam-lhes como se estivessem prestes a lutar contra um tigre, sempre armados de paciência e medo. Para chegar à sua posição, essas pessoas devem ter sido obrigadas a agradar todos e, tendo alcançado seu objetivo, querem ir à desforra aborrecendo todos. Em virtude de sua posição, poderiam ser acessíveis aos outros, mas — por orgulho ou arrogância — deixam de sê-lo. O modo civilizado de punir tais pessoas é deixá-las em paz, privando-as de oportunidades de melhoria que advêm do convívio com os semelhantes.

75

Escolha um ideal heroico

Trata-se de emulá-lo, e não de imitá-lo. Existem inúmeros exemplos de grandeza, cânones vivos de honradez. Que cada um tenha em mente o modelo de sua vocação, não para simplesmente segui-lo, e sim para estimulá-lo à superação. Quando Alexandre chorou a morte e o sepultamento de Aquiles, não foi pelo morto, e sim por si mesmo, pois sua fama ainda não se espalhara pelo mundo[10]. Nada desperta tanta ambição na alma como o ressoar da fama alheia. O mesmo que incita a inveja de uns alimenta os espíritos magnânimos.

76

Não brinque todo o tempo

A sabedoria é demonstrada nos assuntos sérios e é mais apreciada do que a mera inteligência. Quem está sempre pronto para brincadeiras nunca está disposto a questões sérias. Parecem-se com os mentirosos, pois ninguém acredita neles: nos primeiros, temendo suas mentiras, nos segundos, pressentindo um gracejo. Nunca se sabe quando falam com seriedade, o que se iguala a nunca falar de tal modo. Brincadeiras contínuas logo perdem qualquer graça. Muitos ganham a reputação de serem espirituosos, perdendo assim a fama de pessoas sensatas. O riso tem seu momento — todos os outros são do siso.

77

Saiba se adaptar a todos

Seja como um Proteu sensato: erudito com os eruditos, santo com os santos[11]. É uma grande habilidade conquistar todos, sua boa vontade atrai o consenso geral. Observe o

---

10 Aquiles, na mitologia grega, foi um dos participantes da Guerra de Troia e o protagonista e maior guerreiro de "Ilíada", poema épico de Homero. O imperador Alexandre (356 a.C.-323 a.C.), rei da Macedônia, via-se como um "novo Aquiles" e se acredita que trazia a "Ilíada" sempre consigo. (N. do T.)
11 Deus grego dos mares, capaz de assumir diversas formas. (N. do T.)

temperamento das pessoas e se adapte a elas, torne-se jovial ou sério conforme o caso. Siga seu comando, mascarando suas mudanças da maneira mais astuciosa possível. Essa é uma habilidade primordial aos subalternos, exigindo grande inteligência. Apenas as pessoas versáteis de conhecimentos e gostos não encontrarão dificuldade em fazê-lo.

78

A arte de tatear

Os tolos sempre se precipitam, pois a tolice é sempre ousada. A mesma simplicidade que lhes impede de ser precavidos os priva de qualquer sentimento de vergonha ao fracassar. A prudência, no entanto, chega com calma. Seus precursores são a cautela e o cuidado, abrindo o caminho para avançar sem perigo. Todo avanço se vê livre de riscos pela atenção, ao passo que a sorte, às vezes, também auxilia nesses casos. Pise com cuidado se você não conhece a profundidade. Enquanto a sagacidade vai tateando o caminho, a precaução estuda o terreno. Hoje, há profundezas indetectáveis nas relações humanas; deve-se, portanto, sondar cada passo.

79

Um espírito jovial

Com moderação, trata-se de uma virtude, e não de um defeito. Um toque de alegria é um ótimo tempero. As pessoas mais grandiosas também gostam de se divertir às vezes e assim conquistam todos. Mas, nessas ocasiões, devem preservar sua dignidade e não ultrapassar os limites do decoro. Outras pessoas conseguem sair de dificuldades por meio de gracejos, pois sempre há questões que podem ser levadas com um tom de brincadeira, mesmo que sejam encaradas com seriedade. Mostra-se assim um espírito de tolerância, que atua como um ímã em todos os corações.

80

Seja cuidadoso ao obter informações

Vivemos à custa de informações, e não de visões. Existimos graças à fé na palavra alheia. Os ouvidos são a porta dos fundos da verdade, e a porta principal das mentiras. A verdade geralmente é vista, mas raramente ouvida; poucas vezes a obtemos em seu estado puro, especialmente quando vem de longe; traz sempre consigo uma mistura dos humores dos lugares pelos quais passou. As paixões a tingem com suas cores onde quer que a tocam — às vezes, de forma favorável, às vezes, prejudicial. A verdade sempre impressiona, portanto a receba com cautela, tanto por parte daqueles que a elogiam, como daqueles que a criticam. Atente-se à intenção do falante: você deve conhecer de antemão seus passos. Deixe seus pensamentos discernirem o que é falsidade e o que é exagero.

81

Renove seu próprio brilho

Eis o privilégio da Fênix. A habilidade costuma envelhecer e, com ela, a fama. A inércia do costume enfraquece a admiração, e uma mediocridade nova frequentemente oculta a maior das excelências, quando envelhecida. Por isso tente de renovar em valor, em gênio, em fortuna, em tudo. Embarque em novidades surpreendentes, eleve-se como o sol todos os dias. Mude também o cenário de seu brilho, para que sintam sua falta nas velhas paisagens de seu triunfo, ao passo que o ineditismo de suas habilidades lhe incite aplausos nos novos palcos.

82

Nem oito, nem oitenta

Certa vez, um sábio reduziu todas as suas virtudes à moderação. Vá aos extremos e tudo dará errado, esprema todo o suco de uma laranja e ele ficará amargo. Mesmo no prazer, evite excessos. O pensamento sutil demais é enfadonho. Se você ordenhar uma vaca em demasia, tirará sangue, e não leite.

83

Permita-se falhar de vez em quando

Às vezes, um descuido pode ser a maior recomendação aos talentos de alguém. Pois a inveja acaba por isolar e quanto mais polida ela é, mais venenosa se mostra — aponta a falta de falhas como uma falha em si e condena a perfeição em tudo. Assim como Argos[12], só tem olhos para a imperfeição, por ser seu único consolo. Acusações, por sua vez, são como raios, atingindo sempre os pontos mais elevados. Deixe Homero

---

12 Argos, na mitologia grega, era um gigante cujo corpo era coberto por centenas de olhos, convocado pela deusa Hera para vigiar o marido, Zeus. (N. do T.)

cochilar de vez em quando e cometa um ou outro deslize em sua inteligência ou coragem — mas nunca na prudência — para desarmar a malevolência dos outros ou pelo menos evitar que ela destile seu veneno. Mostre sua capa aos chifres da Inveja a fim de salvar sua imortalidade.

84

Saiba usar seus inimigos

Você deve aprender a empunhar as coisas não pela lâmina, que corta, e sim pelo cabo, que o salva dos perigos — esta é a regra que se aplica às ações de seus inimigos. Os sábios tiram mais proveito dos inimigos do que os tolos dos amigos. Muitas vezes, a maldade alheia nos leva a superar inúmeros obstáculos, que não seriam enfrentados em sua ausência. Muitos tiveram sua grandeza moldada pelos inimigos. A bajulação é mais perigosa do que o ódio, pois acaba por encobrir as manchas que este aponta. Os sábios transformam a maldade em um espelho mais fiel do que a gentileza, aproveitando-se dela para reduzir ou corrigir os próprios defeitos. A prudência se desenvolve quando a rivalidade e a maledicência estão próximas.

85

Não queira ser o curinga

A única falha da superioridade é ser passível de abusos. Já que todos a desejam, todos se irritam com ela. É uma grande infelicidade não ser útil a ninguém, porém ainda pior é querer ser útil a todo mundo. As pessoas que chegam a esse estágio perdem por querer ganhar e, ao fim, acabam por aborrecer aqueles que antes as estimavam. Esses curingas aparecem em todo tipo de atividade e, ao perder a simpatia de que desfrutavam, passam a ser desprezados por todos. O remédio contra esse exagero é moderar sua ostentação. Seja extraordinário em sua superioridade se quiser, mas seja recatado ao revelá-la. Quanto mais brilha uma tocha, mais ela queima e menos tempo dura. Exiba-se menos e será recompensado com um apreço maior.

86

Previna-se de escândalos

Muitas cabeças compõem uma multidão e, em cada uma delas, há dois olhos para a malícia e uma língua para a difamação. Se um único boato maldoso se espalhar, ele prejudicará sua fama e se, por acaso, der origem a um apelido, sua reputação corre perigo. Geralmente tais nomes são causados por algum defeito evidente ou traço extravagante, assim como os falatórios que deles advêm. Às vezes, são simplesmente comentários maliciosos espalhados por algum invejoso em particular, pois há línguas perversas capazes de arruinar uma grande reputação por meio de sarcasmos espirituosos com mais facilidade do que se lhe fizessem uma acusação direta. É fácil adquirir má fama, justamente porque é fácil acreditar no mal dos outros; difícil é se livrar de uma reputação negativa. Por isso os sábios evitam tais infortúnios, protegendo-se contra os escândalos com cuidadosa vigilância. É mais fácil prevenir do que remediar.

87

Cultura e refinamento

O homem nasce bárbaro e só se eleva acima dos animais por meio da cultura. Portanto é a cultura que faz o homem: quanto maior a cultura, mais grandioso o homem. Foi graças a ela que a Grécia pôde chamar de bárbaro o resto do mundo. A ignorância é muito cruel; nada aprimora mais do que o conhecimento. Mas até mesmo o conhecimento é grosseiro sem refinamento. Não é só nossa inteligência que deve ser refinada, como também nossos desejos e, sobretudo, nossa conversação. Há homens naturalmente elegantes, tanto em qualidades internas como externas, em seus pensamentos, postura, trajes — que são a casca da alma – e talentos — que representam seus frutos. Há outros, no entanto, tão grosseiros que tudo a seu respeito, até mesmo suas qualidades, é manchado por uma intolerável e selvagem sordidez.

88

Interesse-se pelo que é sublime e nobre

Um grande homem não deve ser pequeno no comportamento. Nunca deve se intrometer com muita minúcia nas coisas, ainda menos em assuntos desagradáveis, pois, embora seja importante saber um pouco de tudo, não é necessário conhecer tudo a fundo. Assim, deve-se agir com a generosidade de um cavalheiro, com a conduta digna de um homem gentil. Ignorar certas coisas constitui grande parte do trabalho de liderar. Deixe de lado algumas questões entre parentes e amigos, e até mesmo entre inimigos. Toda superficialidade é maçante, a ponto de irritar. Ficar pairando ao redor do que lhe aborrece não deixa de ser uma mania e, de modo geral, todo mundo se comporta da mesma maneira, de acordo com seu coração e seu entendimento.

89

Conheça a si mesmo

Saiba de seus talentos e de sua capacidade, de suas convicções e tendências. Você não pode ser senhor de si a menos que saiba quem é. Há espelhos para o rosto, mas não para a alma. Faça com que uma meditação cuidadosa acerca de si mesmo funcione como tal. Quando a imagem externa for deixada de lado, volte-se para a interna, a fim de corrigi-la e aperfeiçoá-la. Conheça a força de seu intelecto e sua capacidade para fazer o que precisa, teste a potência de sua coragem para aplicá-los, mantenha sua base segura e seus pensamentos claros para qualquer coisa.

90

O segredo da longevidade

Leve uma boa vida. Duas coisas acabam rapidamente com sua existência: a tolice e a imoralidade. Alguns a perdem por não ter inteligência para mantê-la; outros, por não ter força de vontade. Assim como a virtude é sua própria recompensa, o vício representa sua própria punição. Quem vive em meio aos vícios sucumbe duas vezes mais rápido. Uma existência de virtudes nunca acaba. A integridade da alma contagia o corpo e proporciona uma vida longa, não só na intenção, como também na extensão.

91

Contra qualquer imprudência, aguarde antes de agir

Qualquer suspeita de erro na mente de quem age já é evidência suficiente na mente de quem observa, especialmente se for um adversário. Se no calor da ação seu bom senso vacilar, depois, ao refletir friamente, ele condenará a tolice cometida. Toda ação é perigosa se a prudência se coloca em dúvida — melhor aguardar. A sabedoria não confia nas probabilidades, avançando sempre à luz radiante da razão. Como pode ter sucesso uma iniciativa condenada desde a concepção? Se até mesmo resoluções tomadas sem qualquer conflito interno muitas vezes resultam em infortúnio, o que se pode esperar daquelas postas em prática em meio a dúvidas e lapsos de julgamento?

92

Sabedoria que transcende

A sabedoria que tudo transcende é a primeira e mais importante regra de todas as ações e palavras, ainda mais necessária quanto mais elevada sua posição: um grama de conhecimento vale mais do que toneladas de esperteza. Trata-se do único caminho seguro, embora nunca seja aclamado. A reputação da sabedoria é seu último triunfo. Basta então corresponder aos sábios, pois seu julgamento é a pedra fundamental do verdadeiro sucesso.

93

Versatilidade

O homem de muitas qualidades equivale a muitos homens. Ao transmitir seus poderes aos outros, acaba lhes enriquecendo a vida. Ser versátil em qualidades é o deleite da vida. Trata-se de grande arte lucrar com tudo que é benéfico e, uma vez que a Natureza fez do homem uma síntese de todas as suas perfeições, a Arte deve fazer dele um verdadeiro microcosmo, pelo exercício do bom gosto e do intelecto.

94

Mantenha a dimensão de suas habilidades em segredo

Se quiser ser admirado por todos, o sábio não permite que sondem com profundidade seus conhecimentos e habilidades. Pode até permitir que você saiba deles, mas evita que os compreenda completamente. Ninguém deve saber a extensão de suas habilidades, para não haver decepções. Nunca dê aos outros a oportunidade de conhecê-lo inteiramente, pois opiniões e dúvidas acerca de seus talentos despertam mais admiração do que sua evidência, por maiores que sejam.

95

Mantenha a expectativa viva

Continue a alimentando sempre. Prometa bastante e anuncie grandes feitos com outros ainda maiores. Não mostre todos os seus recursos de uma vez só. É preciso grande habilidade para moderar suas forças e evitar que as expectativas sejam dissipadas.

96

A mais elevada discrição

Eis o trono da razão, o fundamento da prudência: por meio da discrição, obtém-se sucesso com facilidade. Trata-se de uma dádiva dos céus, e deve ser reconhecida como a primeira e melhor das qualidades. Peça-chave da nossa armadura, é tão importante que sua ausência torna o homem imperfeito, ao passo que, com outras habilidades, a única questão é a quantidade que lhe foi agraciada. Todas as ações da vida dependem de sua aplicação, de seu crivo, pois tudo há de ser feito com inteligência — a discrição é uma propensão natural quando se usa da razão, combinada ao gosto pelo mais acertado.

97

Conquiste e preserve sua reputação

Eis o proveito da fama. É difícil construir uma reputação, pois ela é resultado da distinção, tão rara quanto é comum a mediocridade. Uma vez conquistada, é facilmente preservada. Confere muitas obrigações, porém ainda maiores são os benefícios. Quando a reputação se dá por poderes ou ações elevados, constitui uma espécie de majestade, transformando-se em veneração. Entretanto apenas uma reputação sólida é capaz de durar para sempre.

98

Disfarce suas intenções

As paixões são os portões da alma: o conhecimento mais prático consiste em disfarçá-las. Quem joga com suas cartas à vista corre o risco de perder tudo que jogou. A cautela deve combater a curiosidade dos bisbilhoteiros: aja como a tartaruga e se encolha em seu casco. Sequer deixe que conheçam seus gostos, para não se tornar previsível e sujeito a elogios e críticas.

99

Realidade e aparência

As coisas não são conhecidas pelo que são, e sim pelo que parecem. Poucos olham para o interior, muitos se satisfazem com o exterior. Não basta estar certo, se o que é certo parece falso e doentio.

100

Homem sem ilusões, cristão sábio e filósofo da Corte

Seja tudo isso sem demonstrá-lo, e menos ainda alardeá-lo. Hoje, a filosofia está desacreditada, embora constitua a principal atribuição dos sábios. A arte de pensar perdeu toda a reputação que tinha no passado. Sêneca a introduziu em Roma e, por algum tempo, ela foi adotada pelos nobres, mas agora é considerada inadequada. No entanto, expor ilusões sempre foi considerado o verdadeiro alimento de uma mente aplicada, o verdadeiro deleite de uma alma virtuosa.

101
Metade do mundo ri da outra metade, e todos são uns tolos

Tudo vai muito bem ou muito mal de acordo com as opiniões que conquistam. O que alguns seguem outros perseguem. É um tolo insuportável aquele que regula tudo a seu redor de acordo com as próprias opiniões. A perfeição não depende do gosto de uma só pessoa: são tantos os indivíduos, tão variados os gostos, tudo é diverso. Não há defeito que não tenha nenhum afeto, e não precisamos desanimar se certas coisas não agradam a alguns, pois não faltará quem as aprecie. Tampouco aplausos devem ser motivo de orgulho, pois certamente também haverá vaias. A verdadeira aprovação deve vir de homens de reputação, especialistas no assunto em questão. Você deve ter como objetivo se ver livre de opiniões, estilos, épocas.

102
Seja capaz de digerir grandes quantidades de sorte

No corpo da sabedoria, um dos órgãos mais importantes é um grande estômago, pois grande capacidade implica em grandes partes. Sorte em demasia não será motivo de embaraço para quem consegue digerir muito mais. O que é fartura para uns é fome para outros. Muitas pessoas parecem padecer de digestão fraca por sua capacidade limitada: simplesmente não estão acostumadas nem nasceram para as coisas sublimes. Suas ações são corrompidas, e os humores que advêm de honrarias imerecidas nos deixam tontos: sempre correm grandes riscos em posições elevadas, uma vez que não encontram na sorte de que desfrutam seu lugar apropriado. Grandes homens, portanto, devem mostrar que têm espaço para coisas ainda maiores e, acima de tudo, devem evitar dar mostras de um coração limitado.

103
A cada um, sua própria majestade

Todas as ações devem ser, senão de um rei, dignas de tal, mantendo-se dentro dos limites devidos. Sublime nas atitudes, elevado em pensamentos — tente se igualar aos monarcas, se não em força, pelo menos em méritos. Pois a verdadeira realeza consiste na integridade imaculada, e não é preciso invejar a grandeza que pode lhe servir de modelo para a vida. Especialmente os que estão próximos ao trono devem almejar a verdadeira superioridade, escolhendo compartilhar a distinção e as verdadeiras qualidades da realeza, e não apenas tomar parte em suas cerimônias, apontando as imperfeições.

104
Conheça bem os ofícios

As ocupações requerem qualidades variadas, e conhecer essa variedade exige discernimento primoroso. Algumas exigem coragem; outras, tato. Os cargos mais fáceis são aqueles que apenas demandam integridade; os mais difíceis dependem de astúcia. Para os primeiros, basta ter caráter; para os últimos, atenção e zelo podem não bastar. É problemático governar homens e, ainda mais, quando são tolos ou estúpidos: precisa--se de juízo em dobro para controlar quem não tem nenhum. Intoleráveis são as atividades que envolvem as pessoas em horários fixos e uma rotina repetitiva. Bem melhores são os trabalhos que deixam o homem livre para seguir os próprios planos, combinando variedade com mérito, pois a mudança refresca a mente. As posições mais aceitáveis são aquelas que proporcionam mais independência; as piores são aquelas que abalam tanto a condição humana como a divina.

105

Não seja maçante

Quem trata apenas de certo tópico ou negócio tende a ser cansativo. A brevidade é agradável e conduz melhores negócios; ganha-se com a cortesia o que se perde com a concisão. Coisas boas se tornam ainda melhores quando breves. No debate, a síntese de um argumento é mais eficaz do que uma infinidade de detalhes. Todos sabem que as pessoas prolixas raramente têm bom senso, seja para falar do assunto que expõem, seja quanto à forma de seu discurso. Há pedras que servem mais para nos fazer tropeçar do que como parte de uma construção, inúteis em todos os sentidos. Os sábios evitam estorvar quem quer que seja, muito menos os homens superiores, que sempre estão muito ocupados — e é pior perturbar um deles do que todo o resto do mundo. O que se diz bem se diz logo.

106

Não ostente sua posição

É mais ofensivo se vangloriar de sua posição do que de si mesmo. Posar de grande homem é odioso — apenas a inveja conquistada deveria ser suficiente. Quanto mais você busca a aprovação dos outros, menos a obterá, já que ela depende da opinião alheia e não pode ser tomada à força, deve ser conquistada. Grandes cargos querem autoridade à altura, sem a qual não serão exercidos da maneira adequada. Mantenha, portanto, dignidade suficiente para cumprir as obrigações do seu cargo. Não force respeito, tente criá-lo. Todos os que mostram soberba em seus cargos revelam que não o merecem, que estão aquém da posição. Se você deseja ser valorizado, seja-o por seus talentos, não por algo fortuito. Mesmo os reis preferem ser homenageados por suas qualidades pessoais do que por sua posição.

107
Não demonstre satisfação

Você não deve se mostrar sempre descontente — o que é sinal de pobreza de espírito — nem permanentemente satisfeito — o que é uma tolice. A autossatisfação surge principalmente da ignorância: uma ignorância feliz que, embora tenha seus créditos, acaba por prejudicar nossa reputação. Pois se um homem não é capaz de alcançar a perfeição superlativa dos outros, aceita qualquer mediocridade para si mesmo. A desconfiança é sábia e útil, seja para evitar contratempos, seja para consolar quando estes advirem, uma vez que os infortúnios não surpreendem o homem prevenido. Até mesmo Homero cochila às vezes, e Alexandre também desabou de sua posição e de suas ilusões. As coisas dependem de muitas circunstâncias — o que constitui um triunfo em certa ocasião pode determinar uma derrota em outra. No meio de qualquer tolice incorrigível repousa a mesma autossatisfação vazia, florescendo e espalhando suas sementes.

108
O caminho para a grandeza consiste em escolher suas companhias

O convívio é benéfico: boas maneiras e gostos são compartilhados e até mesmo o bom senso e o talento se expandem significativamente. Que o homem decidido procure conviver com o indeciso e, assim como com outros temperamentos, sem imposições, o meio-termo seja alcançado. É uma grande arte saber se adaptar. A alternância entre os contrários embeleza e sustenta o mundo: se já é capaz de causar harmonia no mundo físico, imagine o que não causa nos ânimos. Adote esse sistema na escolha de amigos e subalternos; unindo-se os extremos, há de se chegar a um meio-termo eficaz.

109
Não censure os outros

Existem homens de caráter sombrio que consideram tudo como falha, não por maldade, e sim porque é de sua natureza. Condenam todos, uns pelo que fizeram, outros pelo que virão a fazer. Tal atitude revela um espírito cruel, até mesmo vil. Acusam os outros com tanta intensidade que transformam pequenos ciscos em tumores capazes de arrancar os olhos. Algozes a todo momento, seriam capazes de transformar um paraíso em prisão; se suas paixões intervêm, levam tudo ao extremo. Uma natureza nobre, pelo contrário, sabe sempre encontrar desculpas para as falhas, seja intencionalmente ou por mero descuido.

110

Não espere o sol se pôr

Os sábios têm por dogma abandonar as coisas antes de ser abandonados por elas. É preciso ter a capacidade de triunfar no fim, assim como o sol, que, ainda brilhando, oculta-se por trás de uma nuvem para que não o vejamos se pôr, gerando dúvidas quanto ao seu desaparecimento. Evite contratempos com sabedoria, para que não tenha que enfrentar a dura realidade. Não espere até lhe darem as costas e o levarem para o túmulo, vivo para os sentimentos e morto para a estima. Os sábios sabem quando aposentar um cavalo de corridas, sem esperar que seu declínio seja motivo de escárnio. A beleza deve quebrar o espelho na hora certa, para que não tenha que fazê-lo tarde demais.

111

Tenha amigos

Um amigo é sua segunda existência. Amigos são benéficos e sábios entre si; com eles, tudo acaba bem. Os amigos têm o valor que lhe dão e, para alcançá-lo, deve-se conquistar suas palavras, por intermédio do coração. Nada encanta mais do que a gentileza, e o melhor modo de angariar sentimentos de afeição é agir com simpatia. Dos outros depende nosso melhor; temos que viver entre amigos, ou entre inimigos. Procure fazer amigos todos os dias, mesmo que não se tornem próximos; aos poucos, passado o parecer inicial, alguns passam a ser íntimos.

112

Conquiste a simpatia dos outros

Mesmo a primeira e mais elevada causa prevê que se aja assim. Ao se obter a simpatia alheia, conquista-se sua benevolência. Certas pessoas confiam tanto no próprio valor que negligenciam essa questão, mas os prudentes sabem que o caminho se torna mais longo e difícil quando não se pode dispor da ajuda do próximo. A boa vontade facilita e supre tudo, desfrutando de qualidades como a coragem, o zelo, o conhecimento e até mesmo a discrição; ao mesmo tempo, ignora os defeitos, já que não anda à sua procura. A simpatia surge de alguma afinidade comum, seja material — como um mesmo temperamento, origem, parentesco, pátria ou ofício — ou espiritual — um tipo superior de comunhão, definida pelos atributos, obrigações, reputação e méritos. A maior dificuldade está em conquistar a simpatia alheia, conservá-la é fácil. No entanto, deve-se esforçar para alcançá-la e saber usá-la.

113

Na prosperidade, prepare-se para as adversidades

É mais astuto, e também mais fácil, fazer a provisão para o inverno durante o verão. Na prosperidade, os favores são baratos e, as amizades, inúmeras. Poupe, então, para os dias de mau tempo, pois a adversidade custa caro e é solitária. Conserve por perto os amigos e pessoas agradecidas, pois chegará o dia em que terão muito mais valor. Mentes vis nunca têm amigos, pois se recusam a reconhecê-los; na adversidade, serão eles os ignorados.

114

Nunca entre em competições

Toda competição prejudica a reputação: nossos rivais aproveitam a ocasião para nos ofuscar e desmerecer. Poucos travam um combate honroso. A rivalidade revela falhas que a cortesia esconderia. Muitos gozam de boa reputação até ter rivais. O calor do conflito estimula ou renova escândalos mortos, desenterrando esqueletos há muito enterrados. A competição começa com o desprezo, buscando apoio onde pode, e não apenas onde deveria. E quando as armas do abuso não atingem seu propósito — como quase sempre acontece — nossos oponentes as usam para a vingança ou para tirar a poeira do esquecimento de algum demérito nosso. Pessoas benevolentes vivem em paz, e qualquer um digno e de boa reputação é uma pessoa benevolente.

115

Adapte-se com as falhas do próximo

Assim como faz com caras feias. É indispensável fazê-lo se dependemos dos outros, ou se outros dependem de nós. Há temperamentos fortes com os quais é difícil viver, porém não podemos evitá-los. Por isso, as pessoas astuciosas se acostumam com eles, assim como com as caras feias, de modo a não ser obrigadas a fazê-lo subitamente em caso de necessidade. A princípio se sente repulsa, mas, aos poucos, perde-se a antipatia inicial e, refletindo bem, consegue-se prevenir desgostos.

116

Lide apenas com pessoas honradas

Assim, você pode confiar nelas e elas, em você. Sua honra é a melhor garantia de seu comportamento, mesmo em mal-entendidos, pois essas pessoas sempre agem considerando sua reputação. Por isso é melhor ter uma discussão com pessoas honradas do que triunfar sobre os infames. Não se pode ter um bom trato com gente desonrada, uma vez que lhes falta compromisso com a integridade. Com essas pessoas não há amizade verdadeira nem seus acordos são garantidos — por mais que possa parecer o contrário — sendo seus sentimentos destituídos de honra. Nunca se relacione com tais pessoas, pois se a honradez não as controla, não será a virtude que o fará, já que a honra é o trono da integridade.

117

Nunca fale de si mesmo

Nem para se vangloriar, sinal de vaidade, nem para se culpar, sinal de pequenez — é inconveniente àquele que fala e desagradável para quem ouve. E, se deve-se evitar fazê-lo em conversas ordinárias, ainda mais em assuntos oficiais e, sobretudo, ao falar em público — em que qualquer sinal de tolice é verdadeiramente imprudente. Falar dos presentes constitui a mesma falta de tato, em razão do risco de recair em um de dois extremos: a bajulação ou a censura.

118

Adquira a reputação de ser cortês

Basta fazê-lo para que gostem de você. A polidez é o principal ingrediente da cultura — uma espécie de encantamento que conquista a atenção de todos, tão certo quanto a grosseria recebe desprezo e ressentimento; se esta nasce do orgulho, é abominável; se da falta de educação, é desprezível. A cortesia nunca é excessiva, desde que não seja igual para todos, o que seria uma injustiça. Entre inimigos é especialmente obrigatória, como prova de valor. Custa pouco e vale muito: quem respeita é respeitado. A polidez e a honra têm a vantagem da permanência, eternizando-se tanto em quem as possui como em quem as recebe.

119

Evite ser malvisto

Nunca busque a aversão alheia: ela surge sem que a procuremos com rapidez suficiente. Muitos já odeiam por conta própria, sem saber como nem porquê. Sua malevolência supera qualquer disposição para lhes agradar e está mais sujeita a provocar danos do que sua cobiça ansiaria por obter benefícios. Certas pessoas conseguem criar inimizades com todo mundo, já que sempre causam ou passam por aborrecimentos. Uma vez que o ódio se enraíza, será difícil erradicá-lo — assim como acontece com a má reputação. Os sábios são temidos; os maledicentes, detestados; os arrogantes, desprezados; os farsantes, abominados; e os excêntricos, deixados de lado. Por isso, respeite se quiser ser respeitado e demonstre estima se quiser ser estimado.

120

Viva de forma prática

Até mesmo o conhecimento tem que estar na moda: quando cair em desuso, é sensato fingir ignorância. O pensamento e os gostos mudam com o tempo. Não seja antiquado em sua maneira de pensar, e deixe que seu gosto siga o costume da época. Em tudo, o gosto da maioria leva os louros, e deve-se acompanhá-lo na esperança de ser conduzido a patamares mais elevados. Tanto no adorno do corpo como da mente, adapte-se ao presente, mesmo que o passado lhe pareça melhor. Essa regra, contudo, não se aplica à gentileza, pois a bondade é para sempre. Hoje, ela tem estado negligenciada e parece desatualizada. Falar a verdade, manter a palavra e ser essencialmente bom parecem costumes antiquados, porém continuam queridos; e mesmo que ainda restem alguns, esses hábitos não estão na moda, nem são imitados. Que desastre para nossa época, que considera a virtude algo estranho e o vício como natural! Se quiser ser sábio, viva como puder, e não como gostaria. Atente-se mais àquilo que o destino lhe deu do que ao que lhe negou.

121

Não leve em conta o que não tem importância

Enquanto alguns transformam tudo em fofoca, outros fazem de tudo um grande exagero. Vivem dando grande importância a qualquer coisa, levam-nas a extremos e convertem tudo em controvérsia e mistério. Assuntos desagradáveis não devem ser levados a sério se puderem ser evitados. É absurdo dar tanta importância a questões insignificantes. Muito do que tinha grande importância se torna nada ao ser deixado de lado, e o que era insignificante adquire relevância por ser muito valorizado. No início, tudo podia ser facilmente resolvido, mas isso muda depois. Frequentemente, o próprio remédio causa a doença. E deixar algumas coisas de lado não é de maneira nenhuma a pior regra da vida.

122

Distinção na fala e nas ações

Agindo assim, ganha-se posição em muitos lugares, conquistando-se o respeito de antemão. A distinção se mostra em tudo: na fala, no olhar e até no andar. É uma grande vitória cativar o coração alheio, pois não é possível fazê-lo com presunções tolas ou conversas pomposas, e sim apenas com o tom apropriado de autoridade que advém de um talento superior combinado a méritos verdadeiros.

123

Evite afetações

Quanto mais qualidades, menos afetação, uma vez que ela confere um sabor vulgar a tudo. A afetação é cansativa para os outros e incômoda para quem a pratica, pois tal pessoa vive martirizada pelos cuidados a tomar e atormentada pela atenção aos detalhes. As qualidades mais eminentes são as que mais têm a perder, pois passam a ser consideradas fruto de orgulho e artificialidade, em vez de uma consequência da natureza — e tudo o que há de natural é sempre mais agradável do que o artificial. Muitos têm certeza de que a pessoa que aparenta uma virtude não a possui realmente. Quanto maior a dificuldade para se fazer algo, mais se deve ocultá-la, para que pareça ter surgido espontaneamente, fruto de suas características inatas. No entanto, ao evitar as afetações, não caia nelas presumindo não ser afetado de sobremaneira. O sábio nunca deve se mostrar conhecedor dos próprios méritos, já que somente ao ignorá-los é que se chama a atenção para eles. É duplamente grandioso aquele que é perfeito para os outros, mas não para si mesmo; assim, é aclamado por todos os lados.

124
Faça com que sintam sua falta

Poucos conseguem conquistar a simpatia de todos; considere-se extremamente feliz se alcançar o afeto dos sábios. A frieza é a regra geral quando estamos próximos do fim. Entretanto existem formas de ganhar a recompensa da boa vontade. O caminho correto é se destacar em seu ofício e em seus talentos; seja agradável aos outros e você chegará ao ponto em que seu ofício precisará de você, e não o contrário. Alguns honram seus cargos, outros são honrados por eles. Não há nenhuma vantagem em ser considerado bom só porque seu sucessor é ruim, pois isso não significa ser querido, apenas que o outro é detestado.

125
Não liste os erros alheios

Um sinal de ter o nome manchado é se preocupar com a má fama alheia. Com as faltas alheias, alguns desejam lavar as próprias máculas, ocultá-las ou até mesmo se consolar — um consolo de tolos. Essas pessoas devem ter mau hálito, já que agem como os esgotos de toda a imundície da cidade. Quanto mais você se preocupar com tais assuntos, mais vai se sujar. Poucos escapam a uma mancha aqui ou ali, e só quando somos pouco conhecidos é que nossas falhas são secretas. Portanto, tenha cuidado para não se tornar um compilador dos erros alheios — uma pessoa sem coração é algo abominável.

126

Tolo não é quem comete tolices, e sim quem não sabe ocultá-las

Se é importante manter seus desejos ocultos, imagine os defeitos. Todos erram às vezes, mas os sábios tentam esconder seus erros, ao passo que os tolos se gabam deles. A reputação depende mais dos defeitos ocultados do que dos atos feitos — devem ser cautelosos todos os que não são castos. Os erros dos grandes homens são como eclipses de astros maiores — facilmente notados. Mesmo com suas amizades, raramente exponha suas falhas; oculte-as até de si mesmo, se puder. Neste caso, outra grande regra da vida pode ajudar: saiba esquecer.

127

Desembaraço em tudo

É o que dá vida aos talentos, alento à fala, alma às ações e eminência à distinção. A perfeição é o adorno de nossa natureza, mas o desembaraço é o adorno da própria perfeição, mostrando-se até em nossos pensamentos. Trata-se de uma dádiva natural, pouco devendo à educação, pois triunfa até mesmo sobre a disciplina. Ultrapassa o campo da facilidade, aproximando-se da insolência; supera qualquer constrangimento e adiciona um toque final à perfeição. Sem ela, a beleza morre, a graciosidade perde o encanto. Ela transcende a coragem, a discrição, a prudência e até a própria majestade. É um atalho nos negócios e uma saída fácil da hesitação.

128
Grandeza da alma

Um dos principais requisitos para um cavalheiro, já que é capaz de estimular todos os tipos de grandeza. Melhora o paladar, enobrece o coração, exalta a mente, refina os sentimentos e intensifica a dignidade. Eleva aqueles em quem se encontra e, às vezes, remedia os reveses da Fortuna, tornando-se ainda maior ao atacar. Pode ser encontrada em toda a sua extensão na vontade, mesmo quando não pode ser externada por atos. Magnanimidade, generosidade e todas as qualidades superiores reconhecem nela sua fonte.

129
Nunca se queixe

Reclamar sempre traz desonra. Melhor ser um modelo de autossuficiência, opondo-se às paixões alheias, do que se tornar objeto de sua compaixão. As queixas abrem caminho para que faça o mesmo quem as ouve, e uma primeira reclamação age como desculpa para a segunda. Se reclamamos de ofensas passadas, damos margem a ofensas futuras e, ao buscar ajuda ou conselho, apenas conseguimos indiferença ou desprezo. A melhor política é elogiar os dons de uns para que outros se sintam obrigados a fazer o mesmo. Relatar os favores dos ausentes, por sua vez, é solicitá-los dos presentes e, assim, passamos o mérito daqueles para estes. Os astutos, portanto, nunca divulgarão a todo mundo seus fracassos ou defeitos, e sim apenas as marcas de consideração que mantêm as amizades vivas e as inimizades silenciosas.

130
Aja sob os olhos dos outros

Nada é visto pelo que é, e sim pelo que parece ser. Ser útil e saber se mostrar útil é duplicar seu valor: o que não é visto praticamente inexiste. Nem mesmo a retidão merecerá o devido respeito se não parecer correta. Os verdadeiros observadores são bem menos numerosos do que aqueles que se deixam enganar pelas aparências. O engano prevalece e as coisas são julgadas por seu aspecto, raramente sendo o que parecem. Um bom exterior é a melhor recomendação à perfeição interior.

131
Nobreza de sentimentos

Há certa distinção na alma, uma altivez que leva à gentileza, que confere um ar de graça a todo o caráter. Não é algo encontrado com frequência, pois pressupõe grande magnanimidade. Sua principal característica é falar bem dos inimigos e agir de maneira ainda melhor para com eles. Ela brilha ainda mais forte ao surgir uma chance de vingança — não apenas deixa a ocasião passar, como a aperfeiçoa, transformando-a em vitória ao demonstrar inesperada generosidade. Trata-se de um belo estratagema político — na verdade, é o suprassumo da política. Não há qualquer pretensão de derrota, aliás, pretensão nenhuma; ao se obter um mérito, a modéstia o dissimula.

132

Pense duas vezes

Rever internamente todas as coisas as torna seguras. Especialmente quando o curso da ação não está claro, você deve ganhar tempo para confirmar ou melhorar sua decisão — sempre surgirão novos parâmetros para fortalecer ou corroborar seu julgamento. Caso se trate de fazer doações, terá mais valor o que é oferecido com consideração do que prontamente concedido — o que é muito esperado é ainda mais valorizado. E se tiver de fazer qualquer recusa, você ganhará tempo para decidir a melhor maneira, amadurecendo o *não* para que ele se torne mais palatável. Além disso, depois de passado o primeiro impulso do desejo, a recusa será sentida com menos intensidade do que a sangue frio. Especialmente quando se pede pressa em uma resposta, o melhor a fazer é adiá-la, já que quase sempre se trata de um ardil para desarmar a atenção.

133

Antes louco com todos do que sábio sozinho

É o que dizem os políticos. Se todos são loucos, ninguém está pior do que ninguém, ao passo que a sabedoria solitária passa por loucura. É muito importante navegar com a corrente. Muitas vezes, é mais sábio nada saber, ou fingir nada saber. Precisamos viver com os outros, e os ignorantes são a maioria. A máxima "para viver inteiramente só, devemos nos assemelhar aos deuses ou às feras" poderia ser mudada para "melhor ser sábio com muitos do que um tolo sozinho". E há também aqueles que procuram ser originais buscando devaneios.

134

Duplique seus recursos

Assim, você duplicará sua vida. Não se deve depender apenas de uma coisa ou confiar em apenas um recurso, por mais sublime que ele seja. Tudo deve ser duplicado, em especial as causas do sucesso, dos favores ou da estima. A mutabilidade da lua transcende tudo e limita toda a existência, especialmente as questões que dependem da vontade humana, o que há de mais frágil. Proteger-se contra essa inconstância deve ser o cuidado do sábio e, para isso, a principal regra da vida é manter um estoque duplo de qualidades boas e úteis. Tal como a Natureza nos deu em dobro nossos membros mais importantes e mais expostos a riscos, assim devemos lidar com as qualidades de que dependemos para o sucesso.

135

Não alimente contradições

Alimentar contradições apenas prova que você é tolo ou rabugento, e sua prudência deve levá-lo a se proteger contra isso com todo o vigor. Encontrar dificuldades em tudo pode até ser engenhoso, mas tais disputas apenas lhe trarão a reputação de ser um idiota. Esse tipo de pessoa transforma as conversas mais agradáveis em rixas e, dessa forma, torna-se mais inimiga dos amigos do que daqueles com quem não convive. É nas iguarias que se percebe com mais intensidade os dissabores, assim como a contestação nos momentos de diversão. São tolos e cruéis os que agem assim, reunindo em si o animal selvagem e o domesticado.

136

Coloque-se no centro dos problemas

Assim, você sentirá o pulso dos negócios. Muitos se perdem nas ramificações de discussões inúteis ou se enveredam em verborragias cansativas, sem nunca intuir o verdadeiro assunto em questão. Dão centenas de voltas em torno do mesmo ponto, cansando-se e cansando os demais, mas raramente tocam o centro da questão. Tudo isso advém de certa confusão mental da qual não conseguem se livrar. Perdem tempo e paciência com assuntos que deveriam ser deixados de lado e depois não têm nem uma coisa nem outra para as questões que foram desprezadas.

137

O sábio deve ser autossuficiente

Ele representa tudo para si e leva em si mesmo tudo de que precisa. Quem é amigo de todos pode conquistar Roma e o resto do mundo; sendo seu próprio amigo, está em posição de viver sozinho. O que poderia esse homem desejar se não há intelecto mais distinto ou gosto mais refinado do que o dele? O sábio depende apenas de si mesmo, pois a maior felicidade é se assemelhar ao Ser Supremo. Aquele que é capaz de viver por conta própria em nada se iguala às feras, porém tem muito de sábio e tudo de divino.

138

A arte de relevar

Releve, sobretudo quando estão agitadas as ondas da vida pública ou da vida privada. Muitas vezes, ocorrem furacões nas questões pessoais e tempestades nas paixões: nessas horas é aconselhável se retirar para um porto e ancorar. Os remédios costumam piorar as doenças — deixe-as seguir seu curso natural e o estímulo do tempo. É preciso um médico sábio para saber quando nada prescrever e, às vezes, a maior habilidade consiste em não aplicar nenhum remédio. A maneira adequada de acalmar as tempestades da multidão é cruzar os braços e deixar que se aquietem. Dar tempo ao tempo é vencer aos poucos. Uma fonte fica lamacenta com pouca atividade, e não ficará limpa com nossa intromissão, e sim apenas se a deixarmos quieta. O melhor remédio para os problemas é deixá-los seguir seu curso, uma vez que assim se resolvem sozinhos.

139

Reconheça os dias de infortúnio

Esses dias existem. Neles nada dá certo; mesmo que o jogo possa ser mudado, a má sorte permanece. Apenas duas tentativas devem ser suficientes para dizer se alguém está com má sorte ou não. Tudo está em constante processo de mudança, até mesmo a mente, e ninguém é sábio o tempo todo — a sorte sempre nos tem algo a dizer, até mesmo como escrever uma boa carta. Toda perfeição gira em torno do tempo, até mesmo a beleza tem suas horas. Às vezes, a sabedoria falha ao fazer muito, ou ao fazer pouco. Para dar certo, cada coisa deve ser feita no dia que lhe é favorável. É por isso que em certos dias tudo vai mal e, em outros, tudo vai bem, mesmo com menos esforço. Tudo está pronto, a inteligência está afiada, o temperamento favorável, sua estrela da sorte em ascensão. Nesses dias, deve-se aproveitar a ocasião e não desperdiçar nenhum momento. Entretanto o sábio não decidirá qual é a sina do dia só por um golpe de azar ou de sorte, pois ambos podem ter sido apenas uma casualidade.

140

Descubra o que há de bom em cada coisa imediatamente

Tal é a vantagem do bom gosto. A abelha vai ao mel pela doçura, a serpente vai ao fel pelo veneno. O mesmo acontece com o gosto: uns procuram o bom, outros preferem o mau. Não há nada que não contenha algo de bom, especialmente os livros, pois acabam por dar o que pensar. Mas alguns têm um gênio tão infeliz que, em meio a mil perfeições, são capazes de se fixar em um único defeito, apontando-o e o censurando como necrófagos da mente e do coração dos homens. Assim, acabam elaborando catálogos de defeitos que dão mais crédito ao próprio mau gosto do que à inteligência. Levam uma vida triste, alimentando-se de amarguras e se agarrando a imundícies. Mais afortunado é o gosto daqueles que, em meio a mil defeitos, apoderam-se da única beleza que descobrem ao acaso.

141

Não dê ouvidos a si mesmo

De nada adianta agradar a si mesmo se você não agradar aos outros; como regra geral, o desprezo alheio é a punição para a autoindulgência. A atenção que você presta a si mesmo provavelmente fica devendo aos outros. Falar e, ao mesmo tempo, ouvir a si mesmo nunca cai bem. Se falar sozinho é uma tolice, escutar a própria fala na presença dos outros é tolice em dobro. É uma fraqueza dos grandes falar entremeado por expressões do tipo "como estava dizendo..." e "entende?", que acabam por confundir os ouvintes. A cada frase procuram aplausos ou elogios, cansando a paciência dos sábios. Da mesma maneira, os pedantes falam com eco e, como suas conversas sempre vacilam em sua própria arrogância, a cada palavra veem a necessidade de um estúpido "bravo!".

142

Nunca faça a pior escolha por teimosia

Especialmente se seu oponente se adiantou e fez a melhor delas. Você entra na luta já derrotado e logo será obrigado a fugir desacreditado. Com armas ruins, nunca se pode vencer. Se o adversário foi astuto e se antecipou escolhendo a melhor, seria loucura correr atrás da que restou. Esse tipo de teimosia é mais perigoso em termos de ações do que de palavras, pois uma ação implica em mais riscos do que um discurso. É uma falha comum do teimoso perder a verdade apenas para contradizer o oponente, e a utilidade, só para confrontá-lo. O sábio nunca se coloca ao lado das paixões, e sim defende a causa da razão, seja a descobrindo antes, seja a aprimorando depois. Se o inimigo é um tolo, ele se voltará para tomar o rumo contrário e, consequentemente, pior. Assim, o único modo de desviá-lo do curso correto é concordar com ele, uma vez que sua estupidez fará com que tome o caminho incorreto e sua teimosia o arruinará.

143
Não seja paradoxal para fugir do vulgar

Ambos os extremos prejudicam nossa reputação. Toda atitude que foge do razoável se aproxima da tolice. Todo paradoxo é uma fraude: primeiro ganha aplausos pela novidade e originalidade, mas depois se torna desacreditado quando o engano e o vazio ficam evidentes. É uma espécie de embuste e, em questões políticas, seria a ruína dos Estados. Aqueles que não podem ou não se atrevem a alcançar grandes feitos no caminho da excelência passam pelo caminho do Paradoxo, sendo admirados pelos tolos e parecendo autênticos até para muitos homens prudentes. O paradoxo expõe um julgamento deficiente e, caso não se baseie em falsidades, certamente consiste em incertezas e põe em risco as questões mais importantes da vida.

144
Aceite as razões alheias para impor as próprias

Eis uma estratégia política para atingir seus objetivos. Mesmo nas questões religiosas, muitos mestres cristãos enfatizam essa astúcia sagrada. Trata-se de uma dissimulação importante, pois as vantagens previstas servem de isca para influenciar a vontade alheia. O outro parece prevalecer, ao passo que, na verdade, apenas abre caminho para nossa imposição.

Nunca se deve avançar a menos que se tenha plena certeza, especialmente onde o campo é perigoso. Também é útil evitar esse estratagema com pessoas que sempre dizem *não* desde o início, para não lhes explicitar ainda mais essa sua dificuldade de conceder. Esse conselho pertence à regra de número 13, que cobre as manobras mais sutis da vida.

145

Não exponha seu dedo ferido

Pois tudo se chocará contra ele. Nem reclame a respeito, já que a malícia sempre visa os locais fracos ou feridos. Não adianta ficar irritado — você se tornará alvo de falatório e apenas se irritará ainda mais. A malevolência procura feridas para atingi-lo, joga farpas para testar seu temperamento e faz mil tentativas até descobrir seu ponto fraco. O sábio nunca admite ter sido atingido, nem revela nenhum mal, seja ele pessoal ou hereditário. Pois até mesmo o Destino gosta de nos ferir onde somos mais sensíveis às vezes, sempre mortificando a carne viva. Por isso nunca revele as causas da tristeza ou da alegria se você deseja que a primeira cesse e que a segunda dure.

146

Olhe para o interior das coisas

Normalmente, as coisas são bem diferentes do que parecem, e a ignorância, que raramente olha por baixo da casca, decepciona-se ao penetrar o interior. As mentiras sempre vêm em primeiro lugar, arrastando os tolos com sua irreparável vulgaridade. A verdade sempre chega por último, mancando nos braços do Tempo. O sábio, portanto, reserva-lhe um dos ouvidos, que a mãe natureza sabiamente nos deu em dobro. O engano é muito superficial, por isso os que também o são facilmente caem nele. A prudência vive reclusa, nos recessos mais íntimos, visitada apenas por sábios e pessoas sensatas.

147

Não seja inacessível

Ninguém é tão perfeito que não precise de conselhos eventualmente. Apenas um tolo incorrigível não dá ouvidos a ninguém. Mesmo o intelecto mais extraordinário encontra lugar para os avisos de amigos. A própria soberania deve aprender a se dobrar. Existem pessoas que são irreparáveis por ser inacessíveis: acabam arruinadas porque ninguém ousa ajudá-las. Mesmo os indivíduos superiores devem manter a porta aberta às amizades — ela pode vir a ser sua porta de emergência. Um amigo deve se sentir livre para aconselhar e até repreender, sem se sentir constrangido. A confiança e a segurança que temos em sua fé inabalável lhe dão esse poder. Não é preciso, no entanto, respeitar ou dar créditos a qualquer opinião, mas todos precisamos ter, no íntimo de nossa prudência, um espelho fiel que nos corrigirá os erros e a quem devemos ser gratos.

148

Domine a arte da conversação

Eis onde a verdadeira personalidade se revela. Nenhuma atividade humana requer mais atenção, embora seja a mais comum que há. Você pode perder ou ganhar com ela. Se é preciso ter cuidado ao escrever uma carta, que não passa de uma conversa deliberada por escrito, quanta atenção não deve ser dispensada em uma conversa comum, uma súbita demonstração de inteligência? É no falar que os especialistas sentem a pulsação da alma, por isso o sábio disse: "Fale, para que eu o conheça". Algumas pessoas afirmam que a arte da conversação prescinde de qualquer arte e que o falar deve ser elegante, sóbrio, como as roupas. Isso vale para conversas entre amigos. Porém, quando falamos com pessoas a quem devemos mostrar deferência, é mais digno corresponder à distinção do ouvinte. Para ser apropriada, sua fala deve se adaptar à mente e ao tom do interlocutor. E, ao mesmo tempo, não seja um crítico das palavras, ou será considerado pedante; nem um fiscal das ideias, pois passarão a evitar seu convívio ou medir as próprias falas em sua presença. Na conversação, a discrição é mais importante do que a eloquência.

149

Saiba como fazer recair os males sobre os outros

Ter um escudo contra a malevolência é uma grande habilidade dos que governam. Não é um recurso da incapacidade, como imaginam os maliciosos, deve-se à astúcia superior: fazer recair sobre outros a censura pelos erros cometidos e o castigo do ódio público. Nem tudo pode correr bem, nem todos podem ficar satisfeitos — é bom, por isso, mesmo à custa de nosso orgulho, ter um bode expiatório, um alvo para nossas ações infelizes.

150

Saiba impor seu valor nas coisas

O valor intrínseco não é suficiente; nem todos mordem o produto ou olham para seu interior. A maioria segue a multidão e vai aos lugares aonde vê outros irem. É uma grande habilidade dar fama às coisas, ora as elogiando — pois o elogio desperta o desejo — ora lhes dando nomes marcantes, o que é muito útil para lhes conceder valor, desde que se evite a afetação. Um bom incentivo é oferecer algo só para especialistas, já que todos se consideram assim e, quando não o são, a necessidade despertará o desejo. Nunca chame as coisas de fáceis ou comuns: isso as deprecia, em vez de torná-las acessíveis. Todos correm atrás do inusitado, que é mais tentador, tanto para o gosto como para a inteligência.

151

Pense com antecedência

De hoje para amanhã, ou mesmo para muitos dias depois. A maior providência consiste em prever os problemas com bastante antecedência. Para o precavido, não há infortúnios e, para o cauteloso, não há apuros. Não devemos adiar o raciocínio até que não haja mais escapatória. A reflexão madura é capaz de superar as dificuldades mais assombrosas. O travesseiro é uma Sibila[13] silenciosa, e é melhor dormir sobre os problemas do que, depois, ter insônia debaixo de seu peso. Muitos agem primeiro e pensam depois — isto é, pensam menos nas consequências do que nas desculpas; outros não pensam nem antes, nem depois.

---

13 Sibilas, na Antiguidade, eram mulheres que serviam como oráculo. Acredita-se que a denominação tenha origem em uma expressão grega que significa "conselho de Zeus". (N. do T.)

Toda a sua vida deve ser um percurso de pensamentos acerca de como não perder o caminho correto. A reflexão e a previsão permitem determinar toda a linha da vida.

152

Não ande em companhia de quem ofusca seu brilho

Quanto mais se faz isso, menos desejável é sua companhia. Quem mais se destaca em qualidades melhor reputação terá: se o outro toca primeiro o violino, você será apenas o segundo. Qualquer consideração que receber será apenas as sobras do outro. A lua brilha sozinha em meio às estrelas; quando o sol nasce, ela se torna invisível ou imperceptível. Nunca se associe a alguém que o eclipsa, e sim apenas a quem o coloca sob uma luz ainda mais brilhante. Foi assim que a astuta Fábula de Marcial[14] pôde parecer bela e cintilante, em virtude da feiura e do desleixo das companheiras. Mas você não deve se arriscar a ter maus companheiros consigo, tampouco enaltecer os outros à custa da própria reputação. Quando quiser trilhar o caminho até a Fortuna, associe-se aos superiores; lá chegando, fique com os medíocres.

153

Cuidado ao ocupar espaços deixados pelos outros

Contudo, se o fizer, certifique-se de superar seu antecessor; para igualá-lo, você deve demonstrar o dobro de seu valor. Assim como é astucioso cuidar para que nos prefiram a nosso

---

14 Referência à epigrama "Fábula", de Marco Valério Marcial (40-104), poeta romano. (N. do T.)

sucessor, deve-se providenciar para que nosso predecessor não nos ofusque. Preencher um grande vazio é difícil, pois o passado sempre parece melhor. Igualar-se ao antecessor não é suficiente, já que ele tem a vantagem de ter aparecido antes. Você deve, portanto, possuir talentos extras para destituí-lo de seu domínio sobre a opinião de todos.

154

Não creia em nada levianamente

A maturidade da mente é reconhecida pela demora para crer em algo. Como mentir é a norma, então acreditar deve ser incomum. Aquele que acredita em tudo logo é desprezado. Ao mesmo tempo, não há por que revelar suas dúvidas quanto à boa-fé alheia, já que isso acrescenta insulto à falta de cortesia — você acaba por tratar seu informante de enganador ou enganado. Este, no entanto, não é o único mal: a falta de fé é a marca do mentiroso, que sofre de duas falhas, não acredita e é desacreditado. Manter seu julgamento em suspense é prudente para quem ouve: o falante pode provar a fonte de sua informação. Tampouco se deve querer algo muito facilmente, pois as mentiras podem ser transmitidas tanto por palavras como por ações, e tal engano é ainda mais perigoso para a vida prática.

155

A arte de ceder às paixões

Se possível, oponha-se à vulgaridade dos ímpetos com uma reflexão prudente, o que não é difícil para quem é cauteloso. O primeiro passo para ceder às paixões é reconhecer que está em vias de fazê-lo. Controle então seu temperamento, pois é preciso moderar suas emoções até o ponto em que elas se acalmarão — esta é a maior das artes, sair e entrar da ira. Só assim você saberá como e quando parar, uma vez que seria mais difícil se interromper em meio a uma corrida. É uma grande prova de sabedoria manter a visão clara durante os momentos de emoção. Todo excesso de paixão é uma digressão da conduta racional. Mas, com esse método exemplar, a razão nunca será transgredida, nem ultrapassará os limites de sua própria prevenção. Para manter o controle das paixões, é preciso segurar as rédeas da atenção com firmeza: quem o fizer será o primeiro "cavaleiro" sábio, e provavelmente o último.

156
Selecione seus amigos

Só depois de passar na matrícula da experiência e no exame do êxito é que os amigos podem se graduar no afeto e no discernimento. Embora seja a coisa mais importante na vida, é da qual menos cuidamos. A inteligência traz amigos para alguns; o acaso, para a maioria. No entanto, um homem é julgado por seus amigos, pois sábios não se misturam com tolos. Ao mesmo tempo, encontrar prazer na companhia de alguém não é prova de amizade, já que pode ser muito mais fruto de momentos de diversão do que confiança em sua capacidade. Há algumas amizades legítimas, outras ilícitas; as últimas para o prazer, as primeiras por sua fertilidade de ideias e razões. Poucos são os amigos do homem, a maioria tem amizade às circunstâncias. O conselho de um verdadeiro amigo é mais útil do que a boa vontade de muitos: por isso, escolha-os, não deixe ao acaso. Um amigo sábio afasta as preocupações, um tolo as atrai. Mas não lhes deseje muita fortuna, ou irá perdê-los.

157

Não se engane quanto ao caráter alheio

Pior e mais fácil erro a se cometer. Melhor ser enganado no preço do que na qualidade da mercadoria. Ao lidar com pessoas — mais do que qualquer coisa — é preciso olhar para seu interior. Conhecer as pessoas é diferente de conhecer as coisas. Trata-se de alta sabedoria saber sondar as profundezas dos sentimentos e distinguir os traços de caráter. As pessoas devem ser estudadas tão profundamente quanto os livros.

158

Saiba usufruir de seus amigos

Isso requer toda a arte do bom senso. Alguns são bons de longe, outros de perto. Muitos não são bons para a conversa, porém excelentes correspondentes, pois a distância remove falhas que seriam insuportáveis presencialmente. Os amigos são ainda mais úteis do que prazerosos, uma vez que têm as três qualidades do Bem ou, como dizem alguns, do Ser: unicidade, bondade e verdade. Um amigo é tudo. Poucos são realmente bons, e menos ainda se não sabemos como escolhê-los. Saber conservar a amizade é mais importante do que fazer amigos. Selecione aqueles que vão perdurar: se forem novos a princípio, será um consolo saber que ficarão velhos. Decididamente, os melhores são aqueles com quem tivemos inúmeras experiências, pois já passaram em muitos testes. Não existe pior deserto do que viver sem amigos. A amizade multiplica o bem e divide o mal. Trata-se do único remédio contra o infortúnio, o conforto para a alma.

159

Suporte os tolos

Os sábios vivem impacientes, pois quem tem mais conhecimento tem menos tolerância às tolices. O vasto conhecimento é difícil de encontrar satisfação. A primeira grande regra da vida, segundo Epiteto[15], é tolerar, resumindo assim metade de sua sabedoria. Suportar todos os tipos de tolices requer muita paciência. Frequentemente, temos de tolerar mais daqueles de quem dependemos, o que se configura em uma útil lição de autocontrole. Da paciência surge a paz, a inestimável bênção da felicidade no mundo. Entretanto quem não tem controle para aguentar os outros deve se recolher em si mesmo, se é que conseguirá se tolerar.

160

Tenha cuidado ao falar

Fale cautelosamente com seus rivais, diligentemente com os demais. Sempre há tempo para adicionar algo, mas nunca para retirar. Fale como se estivesse fazendo seu testamento: quanto menos palavras, menos litígio. Em assuntos triviais, exercite-se para os assuntos mais importantes. O que há de mais misterioso tem ares de divino. Quem fala levianamente logo cai ou fracassa.

---

15 Epiteto (55-135) foi um filósofo grego estoico que viveu a maior parte de sua vida em Roma, como escravo. (N. do T.)

161

Conheça seus defeitos prediletos

O mais perfeito dos homens também os tem, e com eles se casa ou se amanceba. Trata-se frequentemente de falhas do intelecto, sendo-lhe proporcionais em tamanho e quantidade. Seu possuidor as conhece bem: não se trata de ignorá-los, o problema é amá-los. Mal duplo: afeto irracional por falhas evitáveis. São máculas na perfeição, desagradando tanto ao espectador como ao possuidor. Em casos assim, devemos ter a bravura de nos livrar deles, dando destaque às nossas qualidades, pois todos temos o mesmo defeito de reparar demasiadamente nas manchas que nos enfeiam, em vez de admirar nossos talentos.

162

Como triunfar sobre seus rivais e detratores

Não basta desprezá-los, embora seja sábio fazê-lo: é melhor usar de gentileza. Não se pode elogiar o bastante um homem que fala bem daqueles que o insultam. Não há vingança mais gloriosa que nossos méritos e talentos que, ao mesmo tempo, conquistam e atormentam os invejosos. Cada sucesso é mais uma torção da corda à volta do pescoço do malévolo, e a glória do invejado é o inferno de seu rival. Os invejosos não morrem apenas uma vez, e sim sempre que o objeto da inveja é aclamado. A imortalidade da fama de um é a medida da tortura do outro: enquanto um vive honras eternas, a dor do outro é infindável. Os clarins da Fama anunciam a imortalidade do glorioso e a morte lenta do invejoso.

163
Nunca se envolva no infortúnio alheio por pena

O infortúnio de alguns é a sorte de outros, pois não se pode ter sorte sem que muitos tenham azar. É comum ao infeliz despertar a boa vontade das pessoas, que desejam compensar com seus inúteis favores os golpes do infortúnio; muitas vezes, aquele que era odiado por todos na prosperidade passe a ser adorado na adversidade. A vingança alada dá lugar à compaixão mundana. No entanto, deve-se prestar atenção às cartas do destino: há aqueles que só andam com os infelizes e hoje se colocam ao lado de algum azarado que até ontem evitavam por ser afortunado. Isso talvez revele muita nobreza de caráter, mas pouquíssima sabedoria.

164
Deixe certas coisas no ar

Tente descobrir como as coisas serão recebidas, especialmente aquelas cujo acerto e sucesso são duvidosos. Assim, você poderá ter certeza de que tudo correrá bem e terá a oportunidade de prosseguir com seriedade ou recuar totalmente. Ao testar dessa maneira as intenções alheias, o sábio sabe em que terreno pisa. Essa é a mais importante regra dos precavidos, tanto para os desejos como para a liderança.

165

Faça uma guerra honrada

Você pode ser obrigado a guerrear, mas não a usar flechas envenenadas. Cada um deve agir como é, não como os outros o obrigam. A bravura na batalha da vida ganha a distinção de todos: deve-se lutar para vencer, não só pela força, como também pelo modo de agir. Uma vitória medíocre não traz glória, e sim desgraças. A honra é sempre vantajosa. Um homem honrado nunca usa armas proibidas, como manusear uma amizade do passado para o ódio do presente, pois a confiança nunca deve ser utilizada para a vingança. A mais leve suspeita de traição mancha o bom nome. Em pessoas honradas, o menor traço de maldade é repelente — o nobre e o desprezível devem ficar a quilômetros de distância. Seja capaz de afirmar com orgulho que caso a gentileza, a generosidade e a fidelidade se perdessem no mundo, seriam facilmente encontradas em seu próprio íntimo.

166

Saiba distinguir o homem de palavras do homem de ação

Tal distinção é tão importante entre amigos, funcionários e pessoas no geral, que apresentam grandes diferenças. Insultos, mesmo sem ações correspondentes, já são ruins o bastante; palavras boas e más ações são ainda piores. Não se pode viver de palavras, que são jogadas ao vento, nem de cortesias, que não passam de gentis enganos: atrair um pavão com um espelho é a verdadeira armadilha. Só os vaidosos se satisfazem com palavras ao vento. O falar deve ter a garantia da ação e, assim como uma penhora, precisa do valor assinalado. Árvores que dão folhas, mas não frutos, geralmente não são apreciadas — valorize-as pelo que são, com a única utilidade de fazer sombra.

167
Saiba fazer sua parte

Nas grandes aflições, não há melhor companheiro do que um coração forte e, quando este fraqueja, deve ser auxiliado pelas partes próximas. As preocupações morrem diante de um homem que sabe fazer sua parte. Não se renda aos infortúnios, ou a situação se tornará insuportável. Muitos homens não sabem lidar com seus problemas e acabam por dobrar seu peso por não ter como suportá-los. Quem conhece a si mesmo sabe superar suas fraquezas e o sábio conquista tudo, até mesmo as estrelas em seu caminho.

168
Não se entregue às excentricidades da tolice

Como as pessoas vaidosas, presunçosas, egoístas, indignas de confiança, caprichosas, teimosas, fantasiosas, dramáticas, frívolas, mexeriqueiras, paradoxais, sectárias e todo tipo de gente tendenciosa: são todos monstros da impertinência. Toda deformidade da mente é mais desagradável do que as deformidades físicas, por afetar uma beleza superior. No entanto, quem é capaz de ajudar quando há tamanha confusão mental? Onde falta autocontrole não há espaço para o aconselhamento alheio. Em vez de prestar atenção ao escárnio dos outros, pessoas assim se tornam cegas, presumindo aclamações imaginárias.

169

Tome mais cuidado para não errar uma vez do que para acertar cem

Ninguém olha para o sol escaldante, mas todos olham quando está encoberto. Conversações vulgares não avaliam os acertos, e sim os erros. As críticas vão mais longe do que qualquer aplauso. Muitos homens só se tornaram conhecidos depois que erraram. Todas as façanhas de um homem juntas não são suficientes para eliminar uma única e pequena mancha. Evite, portanto, cair no erro, pois a maledicência só vê o mal, nunca o bem.

170

Tenha reservas de tudo

Eis um meio seguro de manter o que é importante. Não se deve empregar toda a sua capacidade e poder de uma única vez e em todas as ocasiões. Mesmo na sabedoria se deve resguardar algo, para que seus recursos se dupliquem. É preciso ter sempre algo a que recorrer na iminência de uma derrota. Ter como se defender é mais importante do que a capacidade de atacar, pois distingue seu valor e reputação. A prudência sempre age com garantias de segurança; nessa questão, o instigante paradoxo é válido: "A metade vale mais do que o todo".

171
Não desperdice influências

Grandes amigos servem para grandes ocasiões. Não se deve empregar grandes favores para pequenas coisas: trata-se de um desperdício. As âncoras de emergência devem ser usadas em meio ao perigo. Se você utilizar o que há de melhor para miudezas, o que lhe restará depois? Nada é mais valioso do que alguém que o proteja e, hoje, nada custa mais do que um favor — ele pode fazer ou desfazer um mundo inteiro, dar significado às coisas ou lhes tirar. O que a Natureza e a Fama favoreceram aos sábios, a Sorte invejou. É, portanto, mais importante conservar favores dos poderosos do que bens.

172
Não lute com quem não tem nada a perder

Seria entrar em um conflito desigual. O outro ingressa nele sem ansiedade: tendo perdido tudo, inclusive a vergonha, não tem mais nada a temer. Por isso é capaz de se utilizar de todo tipo de insolência. Nunca se deve expor uma reputação valiosa a tão terrível risco, para o que custou anos a ganhar não se perca em um instante — pois um único vexame pode apagar quaisquer esforços. Quem é honrado e responsável tem uma reputação, ou seja, muito a perder. Compare sua própria credibilidade e a do outro e apenas entre em um combate com extrema cautela, com a lentidão necessária para dar tempo à prudência de retirá-lo a tempo e salvar sua reputação, uma vez que, mesmo em caso de vitória, não se pode ganhar o que foi perdido se expondo às chances de derrota.

173

Não seja de vidro nas relações, muito menos na amizade

Algumas relações se quebram facilmente, mostrando sua falta de consistência. Certas pessoas atribuem ofensas imaginárias a si mesmas e intenções opressoras aos outros. Suas emoções se mostram mais sensíveis do que as pupilas dos olhos, não podendo ser tocadas nem a sério nem por brincadeira. Ofendem-se por qualquer coisa, não é preciso muito. Quem se associa a elas deve tratá-las com toda a delicadeza, considerando sua sensibilidade e observando seu comportamento, já que qualquer desprezo lhes causa aborrecimentos. São, na maioria, muito egoístas, escravas de seus humores, pelos quais tudo atropelam, mostrando-se adoradoras da mesquinharia. Por outro lado, a disposição do verdadeiro amigo é firme e duradoura, inflexível somente até certo ponto.

174

Não viva com pressa

Saber separar as coisas é saber apreciá-las. Muitos acabam com sua felicidade antes de sua vida terminar: correm atrás dos prazeres sem desfrutá-los e gostariam de voltar atrás ao descobrir que ultrapassaram qualquer limite. Condutores da existência, o tempo lhes parece passar devagar demais em virtude de seu temperamento precipitado. Em um dia, devoram mais do que podem digerir por toda a vida; antecipam-se aos prazeres, gastam antes de ganhar e, em decorrência de sua afobação, tudo acaba cedo demais. Mesmo na busca do conhecimento deve haver moderação, para que não se aprenda coisas que deveriam ficar ignoradas. Temos mais dias do que prazeres à disposição. Seja rápido no agir e lento no apreciar, pois ver um trabalho realizado é prazeroso, porém um prazer terminado é pesaroso.

175

O homem sólido

Quem é não se conforma com aqueles que não o são. Lamentável é a eminência infundada. Nem todos que parecem o são realmente. Alguns são impostores que, impregnados de ilusões, tornam-se fontes de enganação. Outros, similares àqueles, sentem mais prazer na mentira — por prometer bastante — do que na verdade — que pouco faz. Mas, ao fim e ao cabo, esses caprichos acabam mal, uma vez que não têm um fundamento sólido. Só a Verdade pode proporcionar reputação duradoura, só a veracidade é realmente benéfica. Um engano precisa de muitos outros e, assim, tudo que é construído logo será destruído. Coisas infundadas nunca duram muito. Prometem demais para ser confiáveis — quem oferece o impossível não pode ser real.

176

Tenha conhecimento, ou escute quem tem

Sem conhecimento, próprio ou dos outros, é impossível viver. Entretanto, muitos ignoram que nada sabem, e outros pensam saber, mesmo sendo ignorantes. As falhas de conhecimento são incorrigíveis, pois os ignorantes não conhecem sequer a si mesmos, por isso não podem buscar o que lhes falta. Muitos seriam sábios se não se considerassem como tal. Assim, embora os oráculos da sabedoria sejam raros, quase nunca são usados. Buscar conselhos não diminui a grandeza nem questiona a capacidade de ninguém. Ao contrário, pedir conselhos prova que você está bem amparado. Aconselhe-se com a razão para não ter que enfrentar a derrota.

177
Evite intimidades no trato

Não as use, nem as permita. Aquele que é íntimo perde qualquer superioridade que sua influência lhe proporciona e, com a superioridade, vai-se o respeito. As estrelas mantêm seu brilho se conservando a distância. O Divino exige decoro. Toda familiaridade traz consigo o desdém. Nos assuntos corriqueiros, quanto mais alguém se mostra, menos tem: em qualquer comunicação também anunciamos as falhas que a precaução poderia ocultar. A intimidade nunca é desejável; com os superiores se torna perigosa, com os inferiores, imprópria, e é ainda pior com as multidões, que se mostram insolentes por pura tolice: confundem os favores dispendidos com obrigações. A intimidade é a manifestação da vulgaridade.

178
Confie em seu coração

Principalmente quando ele merece crédito. Nunca lhe negue uma entrevista. Seu coração é uma espécie de oráculo íntimo que, muitas vezes, lhe dirá o que há de mais importante. Muitos morreram por temer o próprio coração, mas de que serve temê-lo sem ter um remédio melhor à disposição? Muitos são dotados pela Natureza com um coração tão leal que sempre lhes avisa dos infortúnios, afastando-os de seus efeitos. Não é sábio ir atrás dos males, a menos que pretenda vencê-los.

179

A discrição é o selo da capacidade

Um peito sem segredos é uma carta aberta. Onde há uma base sólida os segredos podem ser mantidos na profundeza: ali há recintos espaçosos nos quais as coisas relevantes podem ficar ocultas. A Discrição surge do autocontrole e, neste caso, é um verdadeiro triunfo. Quem abre o coração pagará o preço a todos que o ouvirem — a verdadeira sabedoria consiste na moderação interna. O único risco que a discrição corre reside no interrogatório alheio, no uso da contradição para o desvendar de segredos, nas farpas da ironia: para evitá-los, os prudentes se tornam ainda mais reticentes. O que deve ser feito não precisa ser dito, e o que deve ser dito não precisa ser feito.

180

Nunca se guie pelo que seu inimigo deveria fazer

O tolo nunca faz o que o sábio julga sensato, pois não entende o que lhe convém. Aquele que é discreto tampouco há de seguir um plano traçado, ou mesmo executado, por outro. É preciso analisar qualquer questão pelos dois lados antes de resolvê-la. Opiniões variam; quem ainda não se decidiu deve pensar antes nas possibilidades do que nas probabilidades.

181
A verdade, mas não toda a verdade

Nada exige mais cautela do que a verdade, que é capaz de sangrar o coração. Exige tanto esforço dizer a verdade quanto ocultá-la. Uma única mentira destrói toda uma reputação de integridade. O engano é considerado uma traição e, pior, o traidor é considerado um enganador. No entanto, nem todas as verdades podem ser ditas — algumas para nosso próprio bem, outras para o bem alheio.

182
Um pouco de ousadia em tudo

É um importante ato de prudência. Você deve moderar sua opinião sobre os outros para que não o considerem tão grandioso a ponto de temê-lo. A imaginação nunca deve ceder ao coração. Muitos parecem superiores até que os conheçamos bem e, então, lidar com eles serve mais à desilusão do que à estima. Ninguém supera os estreitos limites da humanidade: todos têm suas fraquezas, seja no intelecto, seja no coração. A dignidade confere uma autoridade aparente, que é raramente acompanhada pelo poder real, já que a Fortuna frequentemente compensa a superioridade de uma posição com a inferioridade de quem a ocupa. A imaginação sempre se adianta e pinta as coisas com cores muito mais brilhantes do que a realidade, sem as conceber como são, e sim como deseja que fossem. Uma experiência atenta, já desiludida no passado, tratará de corrigir tudo isso. No entanto, se a sabedoria não deve deixar de ser ousada, a tolice também não deve ser precipitada. E se a confiança é capaz de ajudar o ignorante, o que não fará pelos bravos e sábios?

183
Não se prenda às suas opiniões com muita firmeza

Todo tolo se diz completamente convencido, e todo aquele totalmente persuadido é um tolo: quanto mais errôneo o julgamento, com mais firmeza é mantido. Mesmo nos casos evidentes, é bom ceder — nossas razões para manter nossa opinião serão percebidas e nossa cortesia ao aceitar será reconhecida. A teimosia perde mais do que produz a vitória: não se trata de defender a verdade, e sim a grosseria. Há gente tão cabeça-dura que acrescenta capricho à teimosia, resultando em uma tolice exaustiva. A firmeza deve se dedicar à vontade, não à opinião. Mas, como sempre, há exceções, em que não se deve arriscar falhar duplamente: uma vez no julgamento e outra, na execução.

184
Não seja cerimonioso

Mesmo em um rei, essa afetação é reconhecida por sua excentricidade. Ser cerimonioso é ser enfadonho, e há nações inteiras que apresentam essa peculiaridade. A vestimenta da tolice é cerzida com esse tecido. Pessoas cheias de cerimônia adoram a própria dignidade, mas não têm como justificá-la, pois temem que o mínimo detalhe a destrua. É correto exigir respeito, porém não se torne um instrutor de etiqueta. É bem verdade que um homem que dispensa cerimônias deve possuir virtudes grandiosas. Não enfatize nem despreze a etiqueta — não se revela superior quem repara em minúcias.

185
Nunca ponha sua credibilidade à prova

Se algo der errado, o dano é irreparável. Um fracasso é passível de acontecer, especialmente no início: as circunstâncias podem não ser favoráveis. Por isso se costuma dizer "hoje não é o meu dia". Sempre permita que a segunda tentativa compense a primeira: seja ela bem-sucedida ou fracassada, a primeira servirá de modelo. Recorra a meios melhores ou a mais recursos. As coisas dependem de todo tipo de contingências. É por isso que a satisfação do sucesso é tão rara.

186
Reconheça suas falhas, por mais dissimuladas que estejam

A integridade reconhece o vício mesmo quando ele se veste de rendas e se coroa de ouro; apesar dos adornos, seu caráter não ficará oculto. A escravidão não deixa de ser vil mesmo atrelada a senhores nobres. Os vícios podem ocupar lugares elevados, mas nem por isso deixam de ser baixos. Alguns veem que certos homens superiores têm defeitos, entretanto não percebem que não foi por seus defeitos que eles se tornaram grandes. O exemplo que vem do alto é tão ilusório que encobre as perversidades, a ponto de afetar tanto os bajuladores que eles deixam de notar que aquilo que relevam nos superiores é o mesmo que abominam nos inferiores.

187

Faça você mesmo as coisas agradáveis, deixe as desagradáveis para os outros

Por um lado, você ganha a afeição alheia; por outro, evita a malevolência. Um grande homem sente mais prazer em fazer um favor do que em recebê-lo: eis o privilégio de uma natureza generosa. Não se pode facilmente causar dor aos outros sem sentir simpatia ou remorso. Em posições elevadas, só podemos agir por meio de recompensas e punições: conceda as primeiras e relegue as segundas para os outros. Tenha alguém contra quem o descontentamento, o ódio e a calúnia serão dirigidos, pois a raiva das multidões é como a fúria canina: sem perceber quem lhe castiga, ele morde o chicote que lhe acerta; embora não seja o culpado, é ele quem paga a pena.

188

Seja portador de elogios

Trata-se de um crédito ao nosso bom gosto, pois demonstra que aprendemos de antemão o que é digno de excelência e que o valorizamos na pessoa elogiada. Um elogio fornece material para a conversação e a imitação, encorajando esforços. Além disso, homenageamos de forma muito delicada o empenho dos elogiados. Outros fazem o oposto, apresentando um sorriso de escárnio e, ao menosprezar os ausentes, imaginam lisonjear os presentes. Isso serve apenas às pessoas superficiais, que não percebem como é ardiloso falar mal dos outros. Muitos adotam a política de valorizar mais as mediocridades de hoje do que as perfeições de ontem. Que o cauteloso perceba essas sutilezas sem desanimar com os exageros de um nem se tornar arrogante com os elogios do outro; é preciso entender que ambos agem da mesma maneira por meios diferentes, adaptando sua fala à companhia.

189

Valha-se dos desejos dos outros

Quanto mais forte o desejo, mais penosa é a privação. Os filósofos dizem que não há falta, os políticos dizem que ela é abundante, e ambos estão certos. Muitos usam os desejos alheios como degraus para atingir seus fins. Aproveitam a oportunidade para lhes estimular o apetite, apontando-lhes a dificuldade em satisfazê-lo. A energia dos desejos é mais promissora do que a inércia da posse. A paixão do desejo aumenta à medida que sua realização se torna mais distante. A maneira mais sutil de conseguir o que se quer é manter os outros dependentes de seus desejos.

190

Encontre consolo em tudo

Até mesmo os inúteis têm o consolo de ser eternos. Não há problema sem sua compensação, pois tanto os tolos como os feios são considerados sortudos. Basta não ter valor para viver muito: um copo trincado não quebra e acaba por nos aborrecer com sua durabilidade. Ao que parece, a Fortuna tem inveja dos grandes, igualando tudo ao dar vida longa aos fúteis e morte breve aos ilustres. Aqueles que têm responsabilidades parecem logo expirar, enquanto os que não servem para nada vivem efetivamente muito. Quanto ao azarado, tanto a Fortuna como a Morte parecem tê-lo esquecido.

191

Não aceite cortesias como pagamento

Trata-se de uma espécie de fraude. Certas pessoas sequer precisam das ervas da Tessália[16] para enfeitiçar, já que parecem encantar os tolos com um único cumprimento. Delas é o Banco da Elegância, e sua paga se dá com palavras bonitas. Prometer tudo é o mesmo que não prometer nada: as promessas são as armadilhas dos tolos. A verdadeira cortesia é o cumprimento do dever, pois tanto a hipocrisia como as trivialidades são mero engano. Bajulação não é respeito, e sim uma forma de poder. As reverências não são feitas à pessoa, e sim aos seus recursos; os elogios não são um reconhecimento das qualidades, e sim das vantagens esperadas.

192

Uma vida de paz é uma vida longa

Para viver, deixe que vivam. As pessoas pacíficas não apenas vivem, como também reinam. Ouça, observe e fique em silêncio. Um dia sem disputas traz um sono tranquilo. Ter uma vida longa e agradável significa vida em dobro, um fruto da paz. Tem tudo aquele que não se preocupa com o que não tem importância. Não há maior despropósito do que levar tudo muito a sério. Tolice igual é se inquietar com o que não nos diz respeito e deixar de se preocupar com o que nos afeta.

---

16 Região da Grécia antiga onde viveu Anaxilau, médico e filósofo acusado de praticar magia com as ervas locais. (N. do T.)

193

Atenção àqueles que defendem os demais para se darem bem depois

A vigilância é a única proteção contra a astúcia. Esteja atento às intenções alheias. Muitos conseguem fazer com que outros cuidem dos próprios assuntos e, a menos que conheça suas intenções, você pode se ver forçado a queimar a própria mão para atiçar o fogo alheio.

194

Tenha uma visão equilibrada de si e de suas coisas

Especialmente no início da vida. Todos têm opiniões nobres a seu próprio respeito, ainda mais aqueles que nada têm de nobreza. Todos sonham com sua fortuna, considerando-se uma sumidade. A esperança faz surgir promessas extravagantes, que a experiência não cumprirá. Essas ilusões servem apenas como fonte de aborrecimento, pois a desilusão virá acompanhada da dura realidade. O sábio antecipa seus erros: poderia até esperar o melhor, mas sempre aguarda o pior, para poder receber o que vier com toda a serenidade. É uma grande qualidade saber mirar alto para atingir seu alvo, porém não tão alto a ponto de se perder o objetivo logo de início. Esse tipo de pensamento é necessário, uma vez que, antes de a experiência chegar, a expectativa certamente já estará alta. O melhor remédio contra a tolice é a prudência. Se um homem conhece o verdadeiro alcance de suas capacidades e limites, poderá adequar seus ideais à realidade.

195

Saiba apreciar

Não há ninguém que não possa ensinar algo, e não há quem não possa superar os superiores. Saber aproveitar cada pessoa é um conhecimento muito útil. Os sábios valorizam todos, pois veem o lado bom de cada um e sabem como é difícil fazer bem as coisas. Os tolos depreciam o próximo, incapazes de reconhecer o que é bom e selecionando sempre o pior.

196

Conheça sua estrela-guia

Ninguém é tão desvalido a ponto de não a ter; se você não tem sorte, é porque não a conhece. Alguns têm acesso a príncipes e poderosos sem sequer saber como nem por quê; sua sorte lhes concedeu favores facilmente, bastando apenas ajudá-la se esforçando um pouco. Outros dispõem da benesse dos sábios. Certas pessoas são mais bem recebidas em uma nação do que em outra ou mais bem-vistas nesta cidade do que naquela. Encontram mais sorte em um cargo ou posição do que em outro, mesmo com qualificações iguais ou idênticas. A sorte embaralha as cartas como e quando quiser. Que cada pessoa conheça a sua, assim como seus talentos, pois disso depende perder ou ganhar. Siga a sua estrela-guia e a ajude, sem confundi-la com outras mais brilhantes que nos atraem com mais estardalhaço, pois isso o faria perder o rumo.

197

Nunca carregue os tolos nas costas

É igualmente tolo quem não os reconhece; ainda pior são aqueles que os reconhecem e não se esquivam deles. São companhias perigosas e terríveis confidentes. Mesmo que sua cautela e cuidado sejam capazes de mantê-los sob controle por algum tempo, por fim certamente eles farão ou dirão alguma tolice, que será tão maior quanto mais tempo tenham ficado distantes. Não pode ajudar a reputação alheia quem não tem nenhuma. São sempre os mais azarados, pois este é seu maior obstáculo, já que o azar está sempre atrelado à tolice. Apenas uma coisa não é tão ruim a seu respeito: embora não possam ser úteis para os sábios, servem como exemplo ou lição do que não fazer.

198

Saiba quando se mudar

Existem nações que só reconhecerão seu valor na sua ausência, especialmente em grandes cargos. Determinadas terras são sempre madrastas para os próprios talentos: nelas a inveja floresce e todos parecem lembrar apenas dos defeitos iniciais, e não da grandeza adquirida. Uma agulha que vem de um extremo a outro do mundo é apreciada, e um pedaço de vidro pintado supera o valor de um diamante se vier de longe. Tudo o que é estrangeiro é respeitado: em parte por vir de uma terra distante, em parte por já chegar pronto e perfeito. Já vimos pessoas que eram motivo de chacota em sua terra e hoje são reverenciadas por todo o mundo, homenageadas por seus conterrâneos e pelos estrangeiros — entre os quais vivem; pelos últimos por vir de longe, entre os primeiros por estar longe. A imagem no altar nunca é reverenciada por quem a conheceu como um tronco de jardim.

199
Conquiste seu lugar com méritos, não com presunção

O verdadeiro caminho para o respeito é feito por meio dos méritos e, caso o esforço acompanhe suas qualidades, o caminho se tornará ainda mais curto. A integridade por si só não é suficiente e a insistência é degradante, já que seus resultados enlameariam a reputação. O melhor caminho consiste em um meio-termo entre merecer e saber chegar ao lugar certo.

200
Sempre deixe algo a desejar

Pois assim não ficará infeliz com a própria felicidade. O corpo deve respirar e a alma, aspirar. Se alguém possui tudo, só haveria desilusão e descontentamento. Mesmo o conhecimento precisa de algo mais para aprender, a fim de despertar a curiosidade e acalentar a esperança. Excessos de felicidade são fatais. Ao auxiliar os outros, nunca os satisfaça completamente. Se não há nada mais a desejar, deve-se temer tudo, trata-se de uma sorte desafortunada. Quando o desejo morre, nasce o medo.

201
São tolos tanto os que o parecem como a metade dos que não parecem

A tolice se apoderou do mundo e, se ainda resta alguma sabedoria, é uma estupidez comparada com o que há de mais divino. Mas o maior tolo é quem pensa não ser um e define todos os outros como tal. Para ser sábio não basta parecê-lo, muito menos para si mesmo. Mostra sabedoria aquele que pensa nada saber ou o que vê e imagina não ver. Embora o mundo esteja repleto de tolos, ninguém se julga um deles, nem receia ser um.

202

Palavras e ações tornam o homem perfeito

Deve-se falar bem e agir com honra: o falar mostra excelência da mente, o agir, do coração — e ambos surgem da nobreza da alma. Palavras são sombras dos feitos: as primeiras são femininas, os últimos, masculinos. É mais importante ser celebrado do que celebrar. O discurso é fácil, a ação, difícil. Os feitos são a essência da vida, as palavras são extravagantes. Feitos eminentes perduram, ao passo que os discursos marcantes passam. As ações são fruto do pensamento — se forem sensatas, serão eficazes.

203

Conheça os grandes homens de sua época

Não são muitos. Há somente uma fênix em todo o mundo, um grande general, um orador perfeito, um verdadeiro filósofo a cada século, um rei realmente ilustre dentre muitos. As mediocridades são tão numerosas quanto desprovidas de valor: a grandeza é rara em todos os aspectos, pois prescinde da completa perfeição e, quanto mais elevada a espécie, mais difícil é galgar seu ponto mais alto. Muitos reivindicaram o título de "Grande" de César e Alexandre, mas em vão, uma vez que, sem grandes feitos, o título não passa de um sopro no ar. Houve poucos Sêneca, e a fama só registrou um Apeles[17].

204

Execute tarefas fáceis como se fossem difíceis, e difíceis como se fossem fáceis

No primeiro caso, para que a confiança não esmoreça; no segundo, para que não desanime. Para não fazer algo, basta considerá-lo feito; por outro lado, o esforço paciente supera toda impossibilidade. Em grandes empreendimentos não se deve pensar em demasia antes de agir, para que a dificuldade, quando reconhecida, não dê lugar ao desespero.

205

Saiba fazer o jogo do desprezo

Desprezar é uma maneira astuta de conseguir aquilo que se deseja, fingindo depreciá-lo: geralmente não obtemos aquilo que procuramos, mas, assim que o desprezamos, cai em nosso colo. Como todas as coisas mundanas são apenas um espectro das coisas eternas, ambas compartilham da mesma qualidade das sombras, fugindo de quem as segue e perseguindo quem foge delas. O desprezo é a forma mais sutil de vingança. Uma regra dos sábios é nunca se defender com a caneta, que deixa rastros e acaba por contribuir mais para glorificar o oponente

---

17 Apeles de Cós (370 a.C.-306 a.C.) foi um renomado pintor da Grécia Antiga. (N. do T.)

do que como castigo por seu ataque. É um truque dos medíocres se apresentar como oponentes de grandes homens, a fim de ganhar notoriedade por vias tortuosas, o que nunca fariam pelo caminho reto do mérito — jamais teríamos ouvido falar de muitos deles se seus eminentes adversários não os tivessem notado; não há maior vingança do que o esquecimento, que os enterra na poeira de sua própria indignidade. Pessoas audaciosas esperam se tornar famosas pela eternidade ateando fogo às maravilhas do mundo e dos séculos. A arte de calar um escândalo está em ignorá-lo, pois combatê-lo só nos prejudica; dar-lhe crédito nos causa demérito e satisfaz nosso oponente, pois a sombra de uma manhã ofusca nosso brilho, mesmo sem o escurecer completamente.

206
Tome conhecimento de que há vulgaridade por toda parte

Até na própria Corinto[18], nas famílias mais distintas. Cada um pode senti-la até na própria casa. Mas, além da vulgaridade comum, a vulgaridade de berço, que é pior ainda. Esse tipo especial compartilha todas as qualidades do tipo comum, assim como dois pedaços de um mesmo vidro quebrado, mas consegue ser ainda mais pernicioso: fala com estupidez, culpa os outros com impertinência, é um discípulo da ignorância, um patrono da tolice e um mestre do escândalo. Você não deve dar ouvidos ao que ele diz, muito menos ao que pensa. É importante conhecê-lo para evitá-lo, sem tomar parte ou ser objeto de sua vulgaridade, pois toda tolice é vulgar, e a vulgaridade é composta de tolos.

---

18 Corinto foi uma das mais florescentes cidades gregas da Antiguidade Clássica. (N. do T.)

207

Seja moderado

É preciso considerar a sorte de um infortúnio. Os impulsos das paixões fazem com que a prudência escorregue, e corre-se o risco da ruína. Um momento de ira ou de prazer o leva mais longe do que várias horas de tranquilidade e, muitas vezes, um breve instante pode envergonhar toda uma vida. A astúcia dos outros usa de tais momentos de tentação para vasculhar os recessos de nossa mente: utiliza-se desses removedores de segredos para obtê-los cuidadosamente. A moderação serve como antídoto, especialmente nas emergências. É preciso muita reflexão para evitar que uma paixão desembeste, e é duplamente sábio lhe manter sempre as rédeas curtas. Aquele que conhece os perigos pode prosseguir sua jornada com cautela. Por mais leve que uma palavra possa parecer para quem a diz, pode ser bastante pesada para quem a ouve e reflete sobre ela.

208

Não morra da "doença dos tolos"

Os sábios geralmente morrem depois de ter perdido a razão: os tolos, antes mesmo de a encontrar. Morrer da "doença dos tolos" é morrer pensando em excesso. Alguns morrem por pensar e sentir em demasia, outros vivem por não pensar nem sentir: os segundos padecem sem tristeza; os primeiros, com excesso de pesar. Tolo é quem morre por excesso de sabedoria; assim, alguns morrem por entender demais, outros vivem por nada entender. No entanto, apesar de muitos morrerem por estupidez, poucos estúpidos morrem.

209

Livre-se de tolices comuns

Esta é uma atitude especial do bom senso. As tolices comuns têm um poder especial por ser generalizadas, pois muitos que não se deixariam levar por uma insensatez particular acabam se rendendo à ignorância universal. Um bom exemplo dessa ignorância é o fato de se pensar que todos estão contentes com a própria sorte — por maior que ela seja — ou descontentes com o intelecto — por pior que ele seja, ou que as pessoas descontentes com a própria felicidade invejam a dos outros. Também há aqueles que enaltecem as coisas do passado ou que só exaltam as coisas de outro lugar: tudo o que já passou parece melhor e o que está distante é mais apreciado. Tão tolo é aquele que ri de tudo quanto aquele que chora.

210

Saiba jogar com a verdade

Ela é perigosa, mas um homem de bem não pode evitar dizê-la. Então é preciso grande habilidade: os médicos mais experientes da alma já cuidaram de adoçar a pílula da verdade, uma vez que, quando se trata de destruir a ilusão alheia, ela pode ser a quintessência do amargor. Aqui se revela a verdadeira aptidão, pois com a mesma verdade lisonjeamos uns e arruinamos outros. As questões de hoje devem ser tratadas como coisa do passado: para bom entendedor, meia palavra basta e, caso não seja suficiente, é melhor ficar calado. Os príncipes não devem ser curados com coisas amargas: neste caso, recomenda-se dourar a pílula da desilusão.

211

No céu, tudo é bem-aventurança

Ao passo que no inferno tudo é miséria. Na terra, estamos entre os dois, tanto um quanto o outro. Ficamos entre dois extremos, por isso compartilhamos de ambos. O destino varia — nem tudo é sorte, nem azar. Este mundo é como o zero: por si só não tem valor, porém com o céu diante de si, vale muito. A indiferença a seus altos e baixos é prudente, algo que não é novo para os sábios. Nossa vida se complica como uma comédia à medida que avança, mas as complicações vão se resolvendo aos poucos — tome cuidado para que, ao cair do pano, tudo acabe bem.

212

Guarde para si os segredos de seu ofício

Essa é a máxima dos grandes mestres, que se orgulham da sutileza no ensino de seus pupilos: é preciso sempre permanecer superior, sempre permanecer o mestre. Deve-se ensinar qualquer arte com habilidade. A fonte do conhecimento nunca deve secar, tampouco a da dedicação. Assim, preservamos o respeito e a dependência alheia. Ao agradar e ensinar, deve-se seguir a regra: mantenha a expectativa e avance na perfeição. Manter algo para si é uma ótima regra para a vida e o sucesso, principalmente àqueles que ocupam posições elevadas.

213

Saiba contradizer

Trata-se de um dos principais meios de se descobrir algo, comprometendo os outros sem se comprometer. Uma verdadeira ferramenta para pôr as paixões em movimento. A incredulidade branda atua como um vomitivo para os segredos. É a chave para um coração fechado e, com grande sutileza, pode-se pôr à prova tanto o juízo como o desejo alheios. Um malicioso desdém pelos segredos do outro captura os mistérios mais profundos: uma doce isca que os leva até a boca, fazendo-os cair na rede da astúcia. Ao lhe reservar sua atenção, o outro baixa a guarda e deixa que seus verdadeiros pensamentos apareçam — o que, de outra maneira, seria inescrutável. Uma dúvida fingida é a fechadura mais sutil que a curiosidade pode usar para descobrir o que deseja saber. Na aprendizagem, também é um bom plano contradizer o mestre, pois ele se esforçará para explicar a questão com mais força e integridade, de modo que um questionamento moderado produzirá uma instrução mais completa.

214

Não transforme uma bobagem em duas

É comum cometer quatro erros para remediar apenas um ou justificar uma impertinência com outra. A Tolice é similar ou idêntica à Mentira, pois ambas precisam de muitas outras para se sustentar. O pior de uma má ideia é ter que defendê-la; pior do que o próprio mal é não ser capaz de ocultá-lo. As falhas dão luz a novas imperfeições. Um sábio pode até cometer um deslize, mas nunca dois — e o faz de maneira fugaz, e não constante.

215

Atenção com quem tem segundas intenções

Um artifício dos negociantes é distrair o oponente desprevenido antes de atacá-lo, dominando-o ao se fazer de derrotado, disfarçando o próprio desejo para alcançá-lo. Colocam-se em segundo lugar para, no fim, serem os primeiros. Esse método raramente falha, contanto que não seja percebido. Assim, que a atenção nunca durma quando a intenção está bem desperta. E, se o outro se coloca em segundo lugar para ocultar seu plano, coloque-se em primeiro para descobri-lo. A prudência é capaz de discernir os artifícios que tal homem usa, notando os pretextos que ele apresenta para atingir seus objetivos. Ele mira em algo para conseguir outra coisa: então, vira-se com destreza e atinge seu alvo. É bom saber, então, o que você está concedendo e, às vezes, é desejável fazê-lo entender que entendeu.

216

Saiba se expressar

Isso depende não apenas da clareza, como também da vivacidade de seus pensamentos. Alguns são fáceis de conceber, mas difíceis de exprimir, pois, sem clareza, os filhos da mente — os pensamentos e as opiniões — não podem vir ao mundo. Muitos se assemelham a cântaros d'água, com grande capacidade, porém bocal pequeno. Outros dizem mais do que pensam. O que a resolução é para a vontade, a expressão é para o pensamento: dois grandes dons. Mentes claras são aplaudidas e, frequentemente, as confusas são veneradas simplesmente porque são incompreendidas; às vezes, a obscuridade é conveniente se você deseja evitar a vulgaridade; no entanto, como o público será capaz de entender alguém que não conecta nenhuma ideia definida ao que diz?

217

Evite amar ou odiar para sempre

Confie nos amigos de hoje como fossem se tornar seus piores inimigos amanhã. Como isso é passível de acontecer, previna-se para tal. Não coloque nas mãos dos desertores da amizade armas que possam ser usadas contra você na guerra. Por outro lado, deixe a porta da reconciliação aberta aos inimigos: para tanto, a porta mais segura é a da generosidade. A vingança do passado é, muitas vezes, o tormento do presente, e a alegria pelo mal cometido se transforma em pesar.

218

Não aja por teimosia, e sim por conhecimento

Toda teimosia é uma excrescência da mente, uma neta das paixões que nunca fez nada certo. Há pessoas que tornam tudo um combate, verdadeiros bandoleiros do convívio. Tudo o que empreendem deve terminar em vitória, por isso não sabem viver em paz. Esse tipo de gente é extremamente prejudicial em posições de liderança, uma vez que faz do governo uma quadrilha e transforma em inimigos todos os que deveria considerar como filhos. Tenta transformar em estratagemas, tratando-os como frutos de sua habilidade. Entretanto, quando outros reconhecem seu caráter perverso, logo se volta contra eles para subverter seus planos. Nada consegue além de acumular problemas, pois tudo conspira para aumentar sua decepção. Essas pessoas têm o juízo prejudicado e o coração em ruínas. Nada pode ser feito por essa espécie de monstro, exceto fugir para o outro lado do mundo, já que é melhor ter que lidar com a barbárie do que com sua natureza repulsiva.

219

Não tenha fama de ser hipócrita

Embora já não se possa viver sem a hipocrisia. É melhor ser prudente do que astuto. A sinceridade no agir agrada todos, embora nem todas as pessoas possam praticá-la; que ela não vire simplicidade, assim como a sagacidade não pode decair para a astúcia. Vale mais ser respeitado como sábio do que temido como esperto. Aqueles que abrem seu coração são amados, mas frequentemente enganados. A grande arte consiste em saber revelar o que se considera engano. Na era de ouro, floresceu a sinceridade; nesta, de ferro, floresce a malícia. A reputação da pessoa que sabe o que fazer é honrosa e digna de confiança, ao passo que ser considerado hipócrita é aviltante e gera descrença.

220

Quando não é possível vestir uma pele de leão, use a da raposa

Saber ceder a tempo é se superar. Quem consegue o que deseja nunca perde a reputação. Use a inteligência quando a força não for suficiente. Deve-se trilhar um caminho ou outro: a estrada da coragem ou o atalho da astúcia. A habilidade traz mais resultados do que a força, e a sagacidade conquista a coragem com mais frequência do que o contrário. Quando não é possível obter alguma coisa, o melhor a fazer é desprezá-la.

221

Não envergonhe nem a si mesmo, nem aos outros

Certas pessoas tropeçam nas boas maneiras, tanto em relação a si próprias como aos outros, sempre prestes a cometer alguma estupidez. São pessoas fáceis de encontrar e difíceis de se relacionar. Cem aborrecimentos por dia não significam nada para elas. Seu humor está sempre eriçado, por isso contradizem tudo e todos. Entendem tudo pelo avesso e acabam condenando todo mundo. No entanto, quem comete os maiores atentados à paciência e prudência alheia são aqueles que evitam fazer o bem e falam mal de tudo. Há muitos monstros no vasto reino do Cinismo.

222

A reserva é um sinal de prudência

A língua é uma fera: uma vez solta, é difícil acorrentá-la. É a pulsação da alma, pela qual os sábios julgam sua saúde e os observadores cuidadosos sentem cada movimento do coração. O problema é que aqueles que deveriam ser mais reservados não o são. O sábio evita preocupações e constrangimentos e mostra autocontrole; segue seu caminho com cuidado, um Jano[19] da imparcialidade, um Argos[20] da vigilância. Na verdade, seria melhor que Momo[21] tivesse olhos nas mãos do que janelas no peito.

---

19 Deus romano das mudanças e transições (Janus, em latim). (N. do T.)
20 Ver nota 12. (N. do T.)
21 Momo é a personificação do sarcasmo e da ironia e a divindade dos escritores e poetas na mitologia grega. (N. do T.)

223

Não seja excêntrico

Nem por afetação, nem por descuido. Muitos têm certos tipos de qualidade, notáveis e únicas, que levam a ações excêntricas. São mais defeitos do que diferenças superiores. E, assim como certas pessoas são conhecidas por algum aspecto feio em sua figura, aqueles têm algo de repulsivo no comportamento. Essas excentricidades apenas servem como marcas registradas de sua atroz singularidade, provocando escárnio e aborrecimentos.

224

Saiba lidar com os problemas

Não importa de onde venham. Tudo tem um lado direito e outro avesso, e mesmo a melhor arma, se empunhada pela lâmina, vai ferir, ao passo que a lança do inimigo é capaz de nos proteger se nos golpearem com o cabo. Muitas coisas que causam dor seriam capazes de dar prazer, se considerássemos suas vantagens. Tudo tem um lado favorável e outro desfavorável, a sabedoria consiste em encontrar o lado correto. Tudo parece bem diferente sob outra luz; olhe para as coisas sob o brilho adequado. Assim, pode-se encontrar tanto alegria como tristeza em tudo. Eis uma grande proteção contra os contratempos da sorte e uma importante regra para a vida, em qualquer época ou circunstância.

225

Conheça seu maior defeito

Ninguém vive sem um contrapeso à sua mais importante qualidade; caso ele seja alimentado pelo desejo, pode se tornar um tirano. Comece a guerra contra ele invocando a prudência como seu aliado, e o primeiro passo a dar é identificá-lo, pois um mal conhecido logo é vencido, especialmente quando você o vir como os observadores de fora. Para ser senhor de si, você deve se conhecer a fundo. Se o seu maior defeito derrotá-lo, todos os outros o acompanharão.

226

Atente-se às suas obrigações

A maioria das pessoas não fala ou age como realmente é, e sim como é obrigado a fazê-lo. Persuadir-nos de um mal é fácil, por mais inacreditável que ele seja. O que temos de melhor depende da opinião alheia. Alguns se contentam em agir corretamente, mas isso não basta: é preciso se esforçar. Fazer com que outros tenham obrigações para conosco custa pouco e vale muito. Com palavras, pode-se comprar feitos. Nesse imenso mundo não há recôndito tão oculto que não seja usado pelo menos uma vez ao ano e, ainda que valha pouco, fará falta. Cada um trata de um assunto de acordo com seus sentimentos.

227

Não seja escravo das primeiras impressões

Alguns se casam com a primeira informação que obtêm, assim, todas as outras passam a ser suas concubinas. E como a mentira tem pernas ágeis, a verdade não encontra abrigo. Não devemos satisfazer nossa vontade com o primeiro objeto, nem nossa mente com a primeira impressão: isso seria muito superficial. Muitos são como barris novos que guardam o aroma do primeiro vinho que carregam, seja ele bom ou mau. Se essa superficialidade se tornar conhecida por todos, passa a ser fatal, pois dá oportunidade a tramas astuciosas: os mal-intencionados se apressarão a tingir a mente dos crédulos. Portanto, sempre dê espaço para uma segunda informação. Alexandre sempre tinha um ouvido para a outra versão da história. Aguarde a segunda ou até mesmo a terceira versão das notícias. Ser escravo das primeiras impressões denota falta de capacidade e está a um passo de torná-lo escravo de suas paixões.

228
Não seja portador de difamações

Tampouco se passe por um, já que seria considerado um caluniador. Não se faça de engraçado à custa dos outros — é algo fácil, mas odioso. Todos se vingam de quem o fez devolvendo as ofensas e, como o caluniador é um só e os caluniados, muitos, você será vencido antes mesmo de poder convencer qualquer pessoa do contrário. O mal nunca deve nos dar prazer, por isso não é assunto a se comentar. O caluniador é sempre detestado e se, por vezes, homens superiores conversam com ele, é menos por prazer em suas zombarias do que por estima por seu discernimento. Quem fala mal há de ouvir pior.

229

Planeje sua vida com sabedoria

Não ao acaso, e sim com prudência e antecipação. Uma vida sem diversão é cansativa, assim como uma longa viagem sem paradas: a variedade de conhecimentos proporciona uma variedade de prazeres. A primeira etapa de uma vida nobre deve ser usada ouvindo os mortos: nascemos para conhecer e nos conhecer, por isso os verdadeiros livros nos tornam verdadeiros homens. A segunda deve ser gasta com os vivos, vendo e observando tudo o que há de bom no mundo. Nem tudo é encontrado em uma só terra. O Pai Universal dividiu Seus dons e, às vezes, deu o mais rico dote aos mais feios. A terceira etapa é somente sua: a derradeira felicidade é se tornar filósofo.

230

Abra os olhos a tempo

Nem todos os que veem estão de olhos abertos, nem todos os que olham veem realmente. Perceber as coisas tarde demais traz mais preocupações do que ajuda. Alguns apenas abrem os olhos quando não há mais nada a ver: perderam tudo antes de se dar conta. É difícil dar razão a quem não tem força de vontade, é difícil dar força de vontade a quem não tem razão. Os que os rodeiam zombam deles, tornando-os alvos aos demais e, surdos como estão, tampouco abrem os olhos. Frequentemente há pessoas que encorajam essa insensibilidade, pois dela depende sua própria existência. Infeliz o cavalo cujo cavaleiro é cego: nunca chegará a tomar corpo.

231

Nunca deixe nada pela metade

As coisas só podem ser apreciadas quando completas. Todo início é disforme, e essa deformidade fica gravada na imaginação. A lembrança de ter visto algo imperfeito não permitirá desfrutá-lo quando concluído. Poder observar algo grandioso de uma só vez acaba por relevar a análise das partes separadas, mas satisfaz nosso prazer. Até que algo esteja completo, não é nada e, enquanto passa pelo processo de se tornar alguma coisa, continua nada. Ver os pratos mais saborosos sendo preparados desperta mais nojo do que apetite. Por isso, que cada grande mestre tome cuidado para não deixar sua obra ser vista em seus estágios embrionários: deve-se aprender com a Natureza, que nunca traz à luz um bebê antes que esteja digno de ser visto.

232

Aja como um negociante

Nem tudo é reflexão — deve haver ação também. Pessoas sábias são geralmente enganadas, pois, embora saibam de coisas incomuns, ignoram os fatos corriqueiros da vida, que são muito mais essenciais. A observação de coisas superiores não lhes dá tempo para ver o que há ao redor. Visto que desconhecem o que há de mais importante a saber — algo que todos dominam perfeitamente — são consideradas ignorantes pela massa superficial. Por isso, todos que são prudentes devem cuidar para ter algo do negociante em si — o suficiente para não ser enganados ou ridicularizados. Seja alguém que busca resultados diários, uma vez que, embora eles não sejam o que há de mais elevado na vida, com certeza são necessários para viver. De que serve o saber se lhe falta praticidade? Saber viver é o verdadeiro conhecimento.

233

Que suas declarações não sejam desagradáveis

Do contrário, você causará mais desconforto do que prazer. Certas pessoas se tornam desagradáveis ao tentar agradar, pois não levam em conta a variedade de temperamentos. O que parece um elogio para alguns é ofensa para outros e, ao tentar seu útil, qualquer pessoa pode soar ofensiva. Muitas vezes, custa mais causar um desgosto do que custaria cativar: neste caso, perde-se tanto a gratidão como a recompensa, já que a bússola que guia na direção da satisfação se descontrolou. Quem não conhece o temperamento alheio não é capaz de satisfazê-lo. Assim, muitos insultam quando pretendem elogiar e, com razão, acabam punidos severamente. Outros acreditam estar agradando com suas conversas, mas apenas entediam com sua eloquência.

234

Nunca arrisque sua reputação por outros, a menos que tenha comprometido a deles

Providencie para que o silêncio seja uma vantagem mútua, com cada um revelando o próprio risco. Quando a honra está em jogo, deve-se agir com um parceiro, de modo que cada um cuide da dignidade do outro por intermédio da própria. Nunca confie sua reputação a outras pessoas, porém, se já o fez, faça com que a cautela supere a prudência. Faça com que o perigo seja mútuo e a causa, comum — assim seu parceiro não será capaz de dar testemunho de algo em que é cúmplice.

235
Saiba como pedir

Com alguns, não há nada mais fácil; com outros, nada tão difícil. Pois há gente que não sabe dizer *não*: com essas pessoas, não é preciso nenhuma habilidade; porém, com outras, a primeira palavra é sempre negativa, então, é necessária grande arte, além de um momento propício. Surpreenda-as quando estiverem de bom humor, quando tanto seu corpo como sua alma estiverem saciados — a não ser que a astúcia delas já tenha antecipado o pedido. Os dias alegres são os dias propícios aos favores, pois a alegria transborda do interior para o exterior. Não adianta fazer qualquer pedido se um anterior já foi recusado, uma vez que a abjeção ao primeiro *não* já foi superada. Tampouco é uma boa hora pedir algo em momentos de tristeza. Oferecer um compromisso prévio é um caminho seguro para conquistar um favor, a não ser em caso de pessoas mesquinhas.

236
Assuma apenas obrigações que se tornarão recompensas mais tarde

Esta é uma astuciosa habilidade dos políticos: conceder favores antes do merecimento, prova de sua palavra. Os favores concedidos antecipadamente têm duas grandes vantagens: a prontidão do benefício obriga seu destinatário com ainda mais força e o que seria uma recompensa se torna então uma obrigação. Trata-se de um meio sutil de inverter as responsabilidades, compelindo o favorecido a cumprir com sua obrigação. Mas isso só se aplica aos que têm palavra, já que para pessoas vis, os pagamentos recebidos antecipadamente funcionam mais como entrave do que como estímulo.

237

Nunca compartilhe os segredos de seus superiores

Ao pensar em compartilhar vantagens, muitas vezes se partilha perdas. Muitos foram à ruina por fazer confidências — assim como pedaços de pão usados como garfos, arriscam ser engolidos ao final. Quando um regente compartilha um segredo, não faz um favor, livra-se de um fardo. Muitos quebram o espelho que os faz lembrar de sua feiura. Não gostamos de avistar quem já nos viu como somos, tampouco vemos sob uma luz favorável quem já esteve sob sombras nefastas. Ninguém deve ter grandes obrigações para conosco — ainda menos alguém poderoso — a não ser pelos benefícios que lhe trouxemos, e nunca pelos favores dele recebidos. Especialmente perigosos são os segredos confiados a amigos. Todo aquele que anuncia seu segredo a outra pessoa se torna escravo dela. Para um soberano, essa posição é intolerável e não pode perdurar — para recuperar a liberdade perdida, será capaz de tudo destruir, inclusive a razão. Por tudo isso, nunca conte segredos nem lhes dê ouvidos.

238

Saiba o que lhe falta

Muitos seriam grandiosos se não lhes tivesse faltado algo de que precisariam para atingir o auge da perfeição. É notável como certas pessoas poderiam ser muito melhores caso se aprimorassem em apenas uma coisa: talvez não se levem suficientemente a sério para fazer jus a seus talentos. Outras carecem de cordialidade, cuja falta logo é sentida por quem está próximo, especialmente se ocupam cargos importantes. Alguns não têm capacidade de organização, a outros falta moderação. Em qualquer caso, uma pessoa cautelosa pode fazer de seus hábitos uma segunda natureza.

239
Não seja capcioso

É extremamente importante ser sensato. Saber mais do que o necessário debilita suas armas, pois o excesso de astúcia dispersa sua mira. A verdade do senso comum é a mais acertada. O conhecimento é bom, mas a implicância não. Comentários muito longos levam a disputas. É melhor um raciocínio sensato que não se desvie do assunto em questão.

240
Saiba usar da tolice

Às vezes, até os mais sábios usam tal artimanha, e há ocasiões em que o mais sensato a fazer é parecer tolo. Não é preciso ser imprudente, basta simular inépcia. Não convém ser sábio com os tolos, nem tolo com os sábios. Fale com cada um em sua própria língua — não é burro quem finge burrice, e sim quem dela padece. A tolice ingênua é a verdadeira tolice, já que a fingida pode ser artimanha disfarçada. Para ser querido, é preciso vestir a pele do mais simplório dos animais.

241

Aceite provocações, mas não as cometa

Aceitá-las é uma forma de cortesia, cometê-las pode causar constrangimentos. Aquele que rosna nas brincadeiras é uma besta maior do que aparenta. Brincadeiras audaciosas são um deleite, e saber tolerá-las é prova de controle. Mostrar-se aborrecido faz com que os outros se aborreçam. O melhor a fazer é relevar, a maneira correta de mostrar que a carapuça não lhe serviu. Os assuntos mais sérios surgiram de gracejos, e nada requer mais tato e atenção. Antes de começar uma brincadeira, saiba até que ponto o objeto da piada é capaz de suportá-la.

242

Vá até o fim

Alguns empregam todas as suas forças no início e nunca chegam a concluir nada. Inventam sem executar: são espíritos fracos. Não chegam a obter fama, pois nunca põem nada a termo; tudo o que fazem é interrompido. Em alguns, isso é sinônimo de impaciência — um dos defeitos dos espanhóis[22] — pois a paciência é a virtude dos belgas. Estes acabam o que iniciam, ao passo que os primeiros acabam com tudo: suam até alcançar um obstáculo e com isso se contentam, sem saber como levar a vitória até o fim. Provam que podem, mas não querem, o que equivale a dizer que não podem ou não têm estabilidade o bastante para tanto. Se a obra é boa, por que não a terminar? Se é ruim, por que foi iniciada? Os sábios abatem suas presas, não se limitando a localizá-las.

---

22 Deve-se lembrar que o autor desta obra é espanhol, por isso a menção à própria nacionalidade. (N. do T.)

243

Não seja como os pombos

Alterne a astúcia da serpente com a candura dos pombos. Não há nada mais fácil do que enganar um homem honesto. Aquele que acredita em tudo nunca mente; muito confia quem nunca engana. Ser enganado nem sempre é sinal de estupidez, podendo surgir de mera bondade. Existem dois tipos de pessoas que devem se proteger desses ataques: aqueles que já passaram por isso — e aprenderam à própria custa — e aqueles que aprenderam à custa dos outros, por ser bons observadores. A prudência deve usar da desconfiança tanto quanto a astúcia usa de armadilhas, ou seja, ninguém deve ser tão bondoso a ponto de permitir que os outros o prejudiquem. Combine em si tanto o pombo como a serpente, não à maneira de um monstro, e sim como um prodígio.

244

Cultive um sentimento de obrigação

Alguns transformam favores alcançados em favores concedidos e dão a parecer que estão prestando o favor em vez de tê-lo recebido. Há outros tão astutos que obtêm honrarias ao requisitar benesses e transformam o benefício próprio em objeto de aplausos. Armam tudo com tanta habilidade que parecem oferecer um serviço a quem os auxilia. Subvertem a ordem das obrigações com uma destreza extraordinária ou, pelo menos, são capazes de pôr em dúvida quem favorece quem. Compram tudo que há de melhor à base de elogios e transformam em honra e adulação suas preferências. Usam de cortesia para converter em dívida o que deveria ser agradecimento. Assim, alteram a voz ativa do verbo "obrigar" em voz passiva, provando ser melhores políticos do que gramáticos. Trata-se de uma grande sutileza, mas ainda maior é percebê-la, retaliando as trapaças desses tolos e lhes pagando na própria moeda.

245
Seja original e fora do comum ao falar

Essa atitude demonstra uma habilidade superior. Não temos grande consideração por alguém que nunca nos contradiz, mas que também não demonstra afeição, além da que tem por si próprio. Não se deixe enganar por elogios se tem que recompensá-los — condene-os antes de tudo. Além disso, você deve considerar as censuras como méritos, especialmente se vierem de pessoas malfaladas por homens de bem. Ao contrário, você deve ficar preocupado quando suas coisas agradam todos, sinal de que têm pouco valor, já que a perfeição é para poucos.

246
Não dê satisfações a quem não as pediu

E, caso as peçam, não dê mais do que o necessário. Desculpar-se antes da hora é se acusar. Sangrar um corpo em plena saúde dá impressão de ojeriza. Uma justificativa inesperada desperta suspeitas adormecidas. O homem sensato não precisa dar mostras que compreendeu a suspeita alheia, pois isso equivale a querer um confronto. É melhor desarmar a desconfiança pela integridade da própria conduta.

247
Trabalhar um pouco mais é viver um pouco menos

Há quem diga o contrário. Estar à vontade é melhor do que estar trabalhando. Nada realmente nos pertence a não ser o tempo, tanto que mesmo quem não tem nada o possui. Igualmente lamentável é desperdiçar sua preciosa vida em tarefas mecânicas ou em uma profusão de atividades importantes. Não acumule ocupações, nem inveja, ou você comprometerá sua vida e esgotará sua mente. Alguns desejam aplicar o mesmo princípio ao conhecimento, mas não se vive sem o saber.

248
Não se deixe levar pelo último discurso

Há pessoas que seguem apenas a última informação, por isso são levados a extremos irracionais. Seus sentimentos e desejos são como cera: o último a chegar os marca com seu timbre e apaga todas as impressões anteriores. Tais pessoas nunca ganham nada, pois perdem tudo logo no início. Cada um os tinge com sua própria cor. São péssimos confidentes e permanecem crianças por toda a vida. Em virtude de sua instabilidade de sentimentos e vontades, param ao longo do trajeto, aleijados de força e juízo, vacilando de um lado para o outro do caminho.

249
Não comece a vida com o que pode acabar com ela

Muitos se divertem no início, adiando as preocupações para o fim; mas o essencial deve vir primeiro e o restante depois, caso haja espaço. Outros desejam triunfar antes do próprio combate. Há aqueles que começam aprendendo coisas de pouca importância e abandonam os estudos que lhes trariam fama e vantagens até o fim da vida. Todos desaparecerão antes de chegar a fazer fortuna. Ter método é essencial tanto para o conhecimento como para a vida.

250
Quando mudar o rumo de uma conversa

Quando se cometem infâmias, é melhor desconversar. Com certas pessoas, tudo parece estar ao contrário: *não é sim, sim é não*. Se falam mal de alguma coisa, trata-se de um grande elogio. Depreciam aos outros o que querem para si. Elogiar uma coisa nem sempre é falar bem dela; alguns, para evitar elogiar os bons, louvam os maus; e para aqueles que não julgam ninguém mau, também não há de ter ninguém bom.

251
Use meios humanos como se não houvesse meios divinos, e meios divinos como se não houvesse os humanos

Uma regra impecável: não há necessidade de comentários.

252

Nem tudo para si, nem tudo para os outros

Ambas as atitudes são formas cruéis de tirania. Desejar ser tudo para os outros é o mesmo que desejar ter tudo para si. Essas pessoas não são capazes de ceder em nada nem perder um pingo de seu conforto. Raramente se comprometem, dependendo apenas da própria sorte, o que pode realmente as deixar em maus lençóis. Às vezes, convém depender dos outros, para que também possamos ter quem dependa de nós. E quem ocupa um cargo público há de se tornar escravo do povo, ou então que "renuncie tanto ao cargo quanto ao fardo", como disse a velha a Adriano[23]. Por outro lado, aqueles que são tudo para os outros — o que é uma tolice — acabam se tornando extremamente infelizes. Não há dia, não há hora que seja deles, pois se entregam com tal excesso aos outros que podem ser considerados escravos de todos. Isso também se aplica ao conhecimento, já que um homem pode saber tudo para proveito dos outros, e nenhum seu. O homem astuto sabe que quando o procuram não têm real interesse nele, e sim nas vantagens que pode proporcionar.

253

Não explique demais

A maioria das pessoas não estima o que entende e venera o que não compreende. Para ser valorizadas, as coisas têm que custar caro: o que não se entende se torna superestimado. Você tem que parecer mais sábio e prudente do que aqueles com quem

---

23 A máxima citada faz referência a Públio Élio Adriano (76-138), imperador romano de 117 a 138, e à mãe dele, Domícia Paulina (?-86). (N. do T.)

está lidando se deseja que o tenham em alta conta: mas atenção para fazê-lo com moderação, sem nenhum excesso. E, embora o bom senso se mantenha em meio às pessoas sensatas, para a maioria dos homens um pouco de criação se faz necessária. Não lhes dê tempo para críticas: melhor deixá-los ocupados tentando entendê-lo completamente. Muitos elogiam alguma coisa e, ao ser questionados, não sabem dizer do que se trata. Fazem-no por venerar tudo que é misterioso e elogiam só por ouvir elogiar.

254

Nunca despreze um mal, por menor que seja

Um mal nunca vem sozinho: está sempre ligado a outro, como a sorte. Fortuna e infortúnio geralmente encontram seus semelhantes. Por isso todos evitam os azarados e se associam aos afortunados. Até mesmo as pombas, com toda a sua inocência, procuram as muralhas mais alvas. Tudo fracassa no infeliz — suas palavras, sua sorte, assim como ele, para si mesmo. Não desperte o Infortúnio adormecido. Um deslize é coisa pequena: no entanto, dele pode advir uma queda fatal, sem que se saiba aonde vai terminar. Assim como nenhuma felicidade é perfeita, também nenhum azar é completo. Para os infortúnios que vêm do alto, paciência; para os que vêm da terra, prudência.

255

Faça o bem aos poucos, mas sempre

Nunca se deve oferecer além da possibilidade de retorno. Quem dá muito não dá, vende. Não esgote a gratidão, pois quando o destinatário vê que a retribuição é impossível, rompe o vínculo. Com muitas pessoas, basta sobrecarregá-las de favores para perdê-las por completo: como não podem recompensá-lo, afastam-se, preferindo ser suas inimigas a devedoras perpétuas. A estátua não deseja ver diante de si o escultor que a moldou, nem o devedor quer fitar os olhos de seu benfeitor. Há uma grande habilidade no dar: ofereça o que lhe custa pouco e é muito desejado; assim você será ainda mais estimado.

256
Previna-se contra a falta de cortesia

E também contra a perfídia, a presunção e todos os outros tipos de tolice. Há muito disso no mundo, e a prudência consiste em evitar encontrá-las. Arme-se a cada dia com as armas da proteção, diante do espelho do cuidado. Assim, você derrotará todos os ataques da tolice. Esteja preparado para qualquer ocasião e não exponha sua reputação a contingências vulgares. Armado com a prudência, o homem não pode ser desarmado pela impertinência. O caminho das relações humanas é difícil, cheio de armadilhas, apontadas contra a nossa credibilidade. O mais seguro é se desviar, com a astúcia de Ulisses como modelo[24]. Fingir um mal-entendido é de grande valor nessas situações. E a cortesia, sobretudo, servirá como o melhor atalho para sair dos apuros.

---

24 Ulisses (do latim *Ulixes*) ou Odisseu (do grego *Odysséus*) é o personagem principal da *Odisseia*, de Homero. (N. do T.)

257

Nunca deixe as coisas chegarem a uma ruptura

Dela sempre sai arranhada nossa reputação. Como inimigo, qualquer um serve; como amigo, não. Poucos são capazes de nos fazer o bem, mas quase todos podem nos fazer um mal. No dia em que rompeu com o escaravelho, nem mesmo a águia se sentiu segura aninhada no colo de Júpiter[25]. Inimigos ocultos usam a mão do inimigo declarado para atiçar a ira enquanto aguardam sua oportunidade. Os amigos ofendidos se tornam nossos piores inimigos e encobrem os próprios defeitos com os nossos. Relatam o que sentem e fazem tudo parecer de acordo com o que desejam. No início, culpam-nos de falta de previdência e, por fim, condenam-nos por imprudência. Se, entretanto, uma ruptura é inevitável, melhor que seja creditada a um abrandamento da amizade do que a uma explosão da ira. Cabe pensar muito bem em uma razão para o afastamento.

258

Encontre alguém com quem compartilhar seus problemas

Assim, você nunca estará sozinho, mesmo em perigo, nem carregará todo o fardo do ódio alheio. Alguns acham que, por sua posição elevada, devem se obrigar a levar todas as glórias do sucesso e suportar todas as humilhações da derrota. Desse modo, nunca têm ninguém para auxiliá-los ou compartilhar seu remorso. Contra dois, nem o destino nem as multidões

---

25 Referência a uma das "Fábulas de Esopo" (620 a.C.-564 a.C.), "A águia e o escaravelho". (N. do T.)

seriam tão ousados. Por isso o médico sábio, mesmo tendo errado o tratamento, não erra em procurar alguém que o ajude a carregar o caixão, sob a justificativa de uma consulta. Divida então o peso e o pesar, pois o infortúnio recai com o dobro de força sobre aquele que está sozinho.

259

Antecipe ofensas e as transforme em favores

É mais sensato evitar as ofensas do que tentar compensá-las. Trata-se de uma habilidade incomum transformar um rival em confidente ou converter em guardiões de nossa honra aqueles que nos ameaçavam. Vale a pena fazer os outros nos deverem favores, pois não terá tempo para ofensas quem o ocupar com agradecimentos. Essa é a verdadeira maneira de transformar ansiedade em prazer. Tente fazer dos malevolentes seus confidentes.

260

Ninguém pertence a ninguém inteiramente

Nem os laços de sangue e de amizade, nem a relação mais íntima são suficientes para tanto. Confiar inteiramente é diferente de entregar o coração. Mesmo a intimidade mais próxima tem suas exceções, sem as quais as leis da amizade seriam quebradas. Um amigo sempre tem um segredo que guarda apenas para si; até os filhos escondem coisas dos pais. Certas coisas são ocultadas a um e reveladas a outro, e vice-versa. Assim, mostramo-nos por inteiro ou nos ocultamos totalmente, dependendo do vínculo com as pessoas a quem estamos ligados.

261

Não insista em uma tolice

Muitos cometem erros crassos e, por já ter trilhado o caminho equivocado, acham que insistir nos erros é sinal de força de caráter. Em seu íntimo, lamentam o erro, enquanto lhe acham desculpas em público. De início, eram considerados desatentos; por fim, são uns tolos. Nem uma promessa irrefletida nem uma resolução equivocada são amarras. No entanto, há quem continue em sua estupidez, preferindo ser eterno tolo.

262

Saiba esquecer

Trata-se mais de uma questão de sorte do que de habilidade. As coisas que deveríamos esquecer são as mais lembradas. A memória não é apenas indisciplinada — deixando-nos em apuros quando mais precisamos dela — como também estúpida, metendo o nariz onde não é chamada. No que causa sofrimento, é eficiente; no que dá prazer, negligente. Muitas vezes, o único remédio para um mal é esquecê-lo, porém acabamos esquecendo do remédio. No entanto, deve-se cultivar bons hábitos de memória, pois ela é capaz de transformar nossa existência em um Paraíso ou em um Inferno. Os sortudos são a exceção, uma vez que desfrutam inocentemente da felicidade mais simples.

263

Muito do que nos agrada não deve ser nosso

Às vezes, apreciamos mais aquilo que é dos outros do que se fosse nosso — o primeiro dia da posse é bom para o dono, o restante do tempo é bom para os outros. Você pode desfrutar duplamente da propriedade alheia: com o prazer da novidade e sem o medo de estragá-la. Tudo tem um gosto melhor com a privação, e até a água da fonte alheia tem o gosto do néctar. Possuir certas coisas impede o prazer e aumenta os aborrecimentos, tanto ao emprestá-las como ao mantê-las. Não se ganha nada além de conservá-las para os outros e, com elas, pode-se ganhar mais inimigos do que amigos.

264

Não tenha dias desleixados

O destino adora pregar peças e aproveitará todas as chances para nos pegar desprevenidos. Nossa inteligência, sensatez e coragem — até mesmo nossa beleza — devem estar sempre a postos, pois um dia de desleixo poderá levar tudo ao descrédito. A atenção sempre falha justamente quando era mais necessária. É a falta de reflexão que nos leva à destruição. Por isso parte da estratégia militar é colocar toda perfeição à prova justamente quando se está despreparado. Os dias de desfile são bem conhecidos e vão passar, mas o dia da prova mais servera é escolhido quando menos se espera.

265

Saiba desafiar seus subalternos

Muitos provaram ser capazes ao ter que lidar com alguma dificuldade, assim como o medo de se afogar faz o nadador. Dessa forma, muitos descobrem a própria coragem, conhecimento ou tato, o que talvez ficasse para sempre enterrado sob a pouca iniciativa, por falta de ocasião apropriada. Perigos são oportunidades para construir sua reputação e, uma pessoa nobre, ao ver sua honra ameaçada, age por mil. A rainha Isabel, a Católica, conhecia bem essa regra da vida — assim como todas as outras — e é a esse astuto favor que o Gran Capitán, junto a muitos outros, ganhou sua fama eterna[26]. Com sua sagacidade, a rainha fez grandes homens.

266

Não se torne ruim por ser bom demais

Ou para nunca irritar ninguém. Essas pessoas, que tampouco se aborrecerem com os outros, nem devem ser consideradas humanas. Nem sempre o fazem por preguiça, e sim por pura incapacidade. Sentir-se irado de vez em quando é uma questão de afirmação pessoal, pois até mesmo as aves acabam por zombar do gato. É um sinal de bom gosto alternar o amargor com o dulçor — somente crianças e tolos preferem apenas os doces. É extremamente danoso se perder em tal insensibilidade por sua própria bondade.

---

26 Referência a Isabel I (1451-1504), apelidada de "Isabel, a Católica", que foi rainha do Reino de Castela e Leão de 1474 até a morte. Foi em seu reinado que se iniciaram as grandes navegações rumo ao continente americano. (N. do T.)

267

Palavras doces, maneiras gentis

As flechas perfuram o corpo, as palavras atravessam a alma. Uma guloseima perfuma o hálito: é uma grande habilidade saber se vender com o falar. Muito do que se compra é pago com palavras e, por meio delas, podemos remover quaisquer impossibilidades. De fato, lidamos apenas com ar, e um sopro magnânimo pode produzir coragem e poder. Tenha sempre a boca cheia de dulçor para suavizar suas palavras, de modo que até seus inimigos as apreciem. Para agradar os outros, é preciso transmitir paz.

268

O sábio faz imediatamente o que o tolo deixa para o fim

Ambos executam o mesmo; a única diferença está no momento em que o fazem: um no tempo certo, outro no errado. Quem começa com a mente às avessas, continuará assim até o fim: põe nos pés o que deveria estar na cabeça, transforma a direita em esquerda e age como criança em tudo que faz. Só há uma maneira de tomar o caminho certo: forçando-se a fazer o que deveria ter sido feito de bom grado. O homem sábio, por outro lado, vê imediatamente o que deve ser feito antes ou depois, e o executa com muito gosto, aumentando ainda mais sua boa reputação.

269
Faça uso dos aplausos quando for novo em seu cargo

Já que todos são valorizados enquanto novidade: ela agrada por ser incomum — o gosto se renova e, geralmente, uma mediocridade nova é mais valorizada do que a perfeição já conhecida. A habilidade se desgasta com o uso e envelhece. No entanto, não se esqueça de que os louros da novidade duram pouco: em quatro dias, o respeito acaba. Por isso, saiba aproveitar os primeiros frutos da admiração e, durante a rápida passagem dos aplausos, desfrute de tudo que puder. Uma vez passado o calor da novidade, a paixão esfriará e o interesse dará lugar ao tédio do hábito. Acredite: tudo tem seu tempo, que passa muito rápido.

270
Não condene sozinho o que agrada todos

Se algo atrai muita gente, deve ter algo de bom, uma vez que, mesmo sem explicação, certamente é apreciado. A singularidade é sempre odiada e, quando erra, é ridicularizada: ir contra a corrente simplesmente destrói o respeito pelos seus critérios — em vez de prejudicar o objeto de sua crítica — e o deixa sozinho com seu mau gosto. Se você não é capaz de encontrar o lado bom de algo, esconda essa incapacidade e não critique a esmo. Como regra geral, o mau gosto surge da falta de conhecimento. O que todos dizem é, ou virá a ser.

271

Quem pouco sabe deve se ater ao que lhe dá segurança

Se não o respeitarem como alguém sutil, ao menos será considerado bem preparado. Por outro lado, um homem instruído pode se arriscar e agir como quiser. Saber pouco e, ainda assim, arriscar-se é como ir atrás da ruína. Nesse caso, mantenha-se no que sabe, pois o que está feito nunca poderá ser desfeito. Na dúvida, atenha-se ao que todos dizem, já que, em qualquer caso, sabendo ou não do assunto, a segurança é mais sensata do que a singularidade.

272

Venda a preço de cortesia

Assim, todos se sentirão obrigados à compra. O lance de um comprador interessado nunca será igual ao agradecimento de um favor recebido. A cortesia não dá, compromete, e a generosidade é o maior dos compromissos. Para uma pessoa de juízo nada custa mais caro do que o que lhe é dado de graça, pois tem dois preços a pagar: o do valor e o da gentileza. Ao mesmo tempo, é verdade que, para as pessoas vulgares, a generosidade é uma bobagem, uma vez que elas não entendem a linguagem da boa educação.

273
Conheça o caráter das pessoas com quem lida

Assim, saberá de suas intenções. Ao se identificar a disposição, identifica-se a vontade — conhecida a causa, conhecidos os efeitos. O homem melancólico vê infortúnios em toda parte e o caluniador, escândalos; sem uma concepção precisa do bem, o mal se apresenta com destaque. Um homem movido pelas paixões sempre fala das coisas de uma maneira diferente do que realmente são, dando voz à paixão, e não à razão. Assim, cada um se pronuncia de acordo com seus sentimentos ou humores, e todos estão longe da verdade. Aprenda a decifrar rostos e soletrar a alma nas feições. Se um homem ri todo o tempo, considere-o um tolo; se nunca, trata-se de um falso. Cuidado com os fofoqueiros: ou são tagarelas, ou espiões. Não espere muito dos que têm alguma deformação: eles costumam se vingar da Natureza, já que ela pouco lhes ofereceu. Do mesmo modo, a beleza e a tolice muitas vezes andam de mãos dadas.

274
Seja simpático

A cortesia serve mais para obter a boa vontade do que boas ações, mas use-a com todos. Não basta ter méritos sem o apoio da simpatia, que é a única qualidade aceita por todos, e o meio mais prático de liderar. Cair nas boas graças é uma questão de sorte, porém pode ser encorajado por suas habilidades, pois a aptidão natural pode criar raízes em um solo fértil. A simpatia leva à boa vontade e se transforma na benevolência de todos.

275
Junte-se às brincadeiras, até onde a decência lhe permitir

Não fique o tempo todo sério e de cara amarrada: essa é uma das máximas da elegância. Deve-se ceder um pouco da dignidade para obter a afeição de todos. De vez em quando, você pode seguir o caminho da maioria, mas sem perder os limites do decoro, pois aquele que se faz de tolo em público não será considerado discreto na vida privada. Pode-se perder mais em um dia de diversão do que se ganhou em toda uma vida de esforços. Ainda assim, não se mantenha sempre à parte: ser diferente é condenar todos os outros. Tampouco aja como um puritano, algo próprio ao sexo feminino — até mesmo a intolerância religiosa é ridícula. Nada o tornará mais homem do que ser homem, pois uma mulher pode imitar com perfeição o jeito varonil, porém não o contrário.

276
Saiba como renovar seu caráter

Especialmente com o auxílio da Natureza e da Arte. Dizem que, a cada sete anos, nossa disposição muda. Que seja uma mudança para melhor, tanto em sua nobreza como em seu gosto. Depois dos primeiros sete anos, adquirimos a razão e, a cada período, uma nova perfeição lhe é adicionada. Observe as transformações para que possam ajudá-lo e, ao mesmo tempo, perceba a melhora nos outros. Eis o porquê de muitos mudarem de comportamento, posição ou ocupação. Às vezes, a mudança não é notada até se atingir o auge da maturidade. Aos 20 anos, o homem é um pavão; aos 30, um leão; aos 40, um camelo; aos 50, uma serpente; aos 60, um cachorro; aos 70, um macaco; e, aos 80, nada.

277

Exiba-se

Saiba ostentar seus próprios talentos: a cada um chega o momento apropriado — use-o, pois nem todos os dias são de triunfo. Há homens extraordinários que brilham muito com pouco e, quando há muito, o brilho é tanto que se torna uma exposição completa. Se a capacidade de se exibir vem acompanhada de dons versáteis, parecerá algo prodigioso. Há nações que adoram se exibir, e a Espanha mais do que qualquer outra. A luz foi a primeira obra da Criação. Evidenciar suas virtudes proporciona satisfação e supre as faltas, dando uma segunda existência a tudo, especialmente quando combinada à verdadeira excelência. O Céu, que concede nossas qualidades, também fornece os meios para mostrá-las, já que uma coisa sem a outra seria uma frustração. No entanto, a habilidade é necessária à ostentação. Mesmo a excelência depende das circunstâncias, e nem sempre é oportuna. O exibicionismo se sai mal se o momento não é apropriado. Mais do que em qualquer outra qualidade, deve-se evitar qualquer afetação na ostentação, pois assim avança na vaidade e, daí, para o desprezo: a moderação evita a vulgaridade, e qualquer excesso será desprezado pelos sábios. Às vezes, o exibicionismo consiste mais em uma eloquência muda, uma amostra descuidada de nossas perfeições, uma vez que uma sábia dissimulação muitas vezes se mostra a ostentação mais eficaz — o que está longe dos olhos atiça a curiosidade com mais intensidade. Tenha a habilidade de não mostrar todas as suas excelências de uma só vez, mas permita, aos poucos, olhares furtivos sobre elas, aumentando-os conforme o tempo passa. Cada qualidade deve ser a garantia de algo maior, e os aplausos iniciais devem morrer apenas com a expectativa de sua sequência.

278

Evite a notoriedade em tudo

Até as qualidades viram defeitos quanto se tornam notórias demais. O prestígio vem da originalidade, que é sempre censurada — quem é original demais acaba só. Mesmo a beleza passa a ser desacreditada quando esbarra na pretensão, pois acaba por ofender aqueles que atrai. E o mesmo se aplica a singularidades sem reputação. No entanto, há sempre pessoas que buscam se tornar conhecidas por meio da notoriedade no vício, alcançando prestígio na infâmia. Mesmo nas questões do intelecto, a falta de moderação pode degenerar em tagarelice.

279

Não diga nada a quem o contradiz

É preciso distinguir se a contradição vem da astúcia ou da vulgaridade. Nem sempre se contradiz por convencimento, pode ser mera dissimulação. Perceba que, no primeiro caso, você pode cair em dificuldades; no segundo, correr riscos. O cuidado é ainda mais necessário ao nos envolver com quem vive à espreita, e não existe melhor controle para a tranca da mente do que colocar a chave da cautela na fechadura.

280

Seja confiável

Ser honrado no trato com os outros chegou ao fim: hoje, a confiança é renegada, poucos cumprem sua palavra e, quanto maior o serviço prestado, menor a recompensa, sem exceções.

Há nações inteiras com inclinações desleais: de algumas é preciso sempre temer a traição, de outras, a inconstância, e de outras ainda, o engodo. No entanto, que esse mau comportamento nos sirva como aviso, e não como exemplo. O risco é que nossa visão acerca de tais atitudes indignas anule nossa integridade. Mas o homem honrado nunca deve se esquecer de quem é por ver o que os outros são.

281

Acalente favores dos sábios

Vale mais o *sim* apático de um homem notável do que todos os aplausos do povo: não se pode fazer uma refeição apenas com a fumaça que vem da cozinha. Os sábios falam de caso pensado e seus elogios trazem satisfação permanente. O erudito Antígono[27] reduziu todo o seu público a Zeus, e Platão considerava Aristóteles toda a sua escola. Alguns se esforçam para inflar o ego com o sopro das multidões. Até os monarcas precisam de seus escritores, e temem mais suas penas do que as mulheres feias temem o pincel do retratista.

282

Aproveite-se da ausência para se tornar mais estimado ou valorizado

A presença habitual diminui a fama, a ausência a aumenta. Alguém que era considerado um leão em sua ausência pode ser

---

27 Referência a Antígono Monoftalmo (382 a.C.-301 a.C.), general macedônio. Tornou-se imperador da Ásia Menor e estabeleceu a dinastia Antigônida. (N. do T.)

considerado — ao se apresentar — um ridículo gatinho parido pelas montanhas. Os talentos perdem o brilho com o uso, pois é mais fácil ver a casca exterior do que o grão de superioridade que ela envolve. A imaginação vai além da visão, e a desilusão, que nos chega pelos ouvidos, acaba saindo pelos olhos. Aquele que se ausenta mantém a reputação no centro da opinião pública. Mesmo a Fênix usa seu afastamento como novo adorno, transformando sua ausência em desejo.

283
Nutra o dom da criatividade

A criatividade é prova da mais elevada genialidade, porém quem pode ser genial sem um toque de loucura? Se a criatividade é coisa dos gênios, fazer boas escolhas é marca do bom senso. A criatividade é um dom especial, muito raro. Muitos são capazes de segui-la quando a encontram, mas encontrá-la, antes de tudo, é uma dádiva para poucos, que acabam por se tornar os primeiros, tanto em sua superioridade como em sua época. A criatividade é lisonjeira e, quando bem-sucedida, dá a seu possuidor crédito em dobro. Em questões de discernimento, a criatividade é perigosa, pois leva ao paradoxo; em questões de inteligência, no entanto, merece todas as aclamações: de qualquer maneira, se acertada, em ambas é digna de aplauso.

284
Não seja inconveniente

E nunca será menosprezado. Respeite a si mesmo se deseja ser respeitado. Prefira ser moderado a gastador quando se trata de sua presença. Assim, será sempre desejado e bem recebido.

Nunca apareça sem ser chamado e apenas compareça a um evento quando convidado. Se você se meter em alguma questão por sua própria iniciativa, receberá toda a culpa se ela fracassar e nenhuma gratidão se tudo der certo. O inoportuno é sempre alvo do desprezo alheio e, quando se impõe desavergonhadamente, é rejeitado do mesmo modo.

285

Nunca morra do infortúnio alheio

Observe os que estão na lama e veja como chamam outros para se consolar mutuamente, como companheiros de infortúnio. Buscam ajuda para superar seus males e, muitas vezes, estendem a mão às pessoas a quem davam as costas quando se encontravam bem. É preciso muito cuidado para ajudar os que se afogam sem, com isso, expor-se ao perigo.

286

Não seja responsável por tudo, nem por todos

Caso contrário, você se torna um escravo — de tudo e de todos. Alguns nascem mais afortunados do que outros — vieram para fazer o bem — ao passo que outros vieram para recebê-lo. A liberdade é mais preciosa do que quaisquer presentes que o levem a perdê-la. Esforce-se menos em tornar os outros dependentes de você do que em se manter independente de qualquer um. A única vantagem do poder é que você será capaz de fazer mais coisas boas. Entretanto, acima de tudo, não considere a responsabilidade um favor, pois é bem provável que esteja nos planos de outra pessoa se tornar seu dependente.

287

Nunca aja por paixão

Se o fizer, estará perdido. Você não é capaz de agir a seu favor se deixar de ser você mesmo, e a paixão sempre afugenta a razão. Nesses casos, use-se de alguém prudente — que há de sê-lo caso se mantenha impassível. É por isso que quem está de fora tem uma visão melhor do jogo, já que não se deixa arrebatar. Assim que você perceber que está perdendo seu bom senso, recue. Depois que o sangue é derramado, o mal já está feito e um breve instante pode lhe trazer muitos dias de desonra e lamentações alheias.

288

Viva segundo as circunstâncias

Nossos atos, pensamentos e tudo o mais devem ser determinados pelas circunstâncias. Aja assim que puder, pois o tempo e a maré não esperam por ninguém. Não viva de acordo com regras fixas, a não ser com aquelas que se referem às virtudes essenciais. Tampouco deixe sua vontade lhe impor condições permanentes, uma vez que amanhã talvez tenha que beber da água que hoje despreza. Há pessoas tão absurdamente paradoxais que esperam que todas as circunstâncias de uma ação se submetam a seus caprichos excêntricos, e não o contrário. Porém os sábios sabem que a verdadeira essência da prudência está em se guiar de acordo com a ocasião.

289
O maior descrédito é se mostrar igual a todo mundo

No dia em que você for visto como humano, deixará de ser considerado divino. A frivolidade é o exato oposto da reputação. E como os homens reservados são considerados superiores, os frívolos são considerados inferiores. Nenhuma falha pode causar maior falta de respeito, pois os fúteis nunca poderão ser sérios. Um homem leviano não tem conteúdo, mesmo quando velho, já que a idade nos impõe prudência. Embora essa seja uma mácula comum, nem por isso é menos desprezada.

290
A felicidade de combinar amor e respeito

Geralmente não queremos ser amados se queremos impor respeito. O amor é mais sensível do que o ódio. Amor e honra não se misturam muito bem. Não almeje ser muito temido, nem muito amado. O amor leva à intimidade e, quanto maior a intimidade, menor o respeito. Prefira suscitar a admiração à paixão, pois o primeiro é o amor mais adequado.

291
Saiba testar os outros

Os sábios devem tomar o cuidado de se proteger contra as armadilhas dos perversos. Grande discernimento é necessário para testar o julgamento alheio. É mais importante conhecer as características e propriedades das pessoas do que as dos vegetais e minerais: de fato, é uma das coisas mais perspicazes a se fazer. Pode-se distinguir os metais pelo som, assim como os homens pela voz. As palavras são prova de integridade; as ações, ainda mais. Nessa questão, é preciso um cuidado extraordinário, uma observação profunda, um discernimento sutil e uma resolução sensata.

292
Que as qualidades pessoais superem as profissionais

E não o contrário. Por mais alto que seja seu cargo, você deve se mostrar acima dele. Um grande talento se expande e se evidencia à medida que seu ofício se aprimora. Por outro lado, quem tem a mente estreita perde facilmente o ímpeto, sofrendo a diminuição de suas responsabilidades e reputação. O grande Augusto[28] se esforçava mais em ser um grande homem do que um grande monarca. Para que suas qualidades pessoais se evidenciem, uma mente elevada busca o lugar adequado, e uma confiança bem enraizada busca a oportunidade.

293
Maturidade

A maturidade se mostra nos aspectos externos do homem, e principalmente nos costumes. O peso é o sinal de um metal

---

28 Referência a Augusto (63 a.C.-14), fundador do Império Romano e seu primeiro imperador, governando de 27 a.C. até a morte. Nascido Caio Otávio, pertenceu a um rico e antigo ramo equestre da família plebeia dos Otávio. Ver também nota 6. (N. do T.)

precioso; a moral, de um homem valoroso. A maturidade dá acabamento às suas capacidades e desperta respeito. A compostura do homem é a fachada de sua alma e não condiz com a insensibilidade dos tolos — como acreditam os fúteis — e sim com um tranquilo tom de autoridade. Para os homens desse tipo, as sentenças são orações e os atos são dons. A maturidade finaliza o homem, pois um homem só é completo à medida que possui maturidade. Ao deixar de ser criança, ganha-se seriedade e respeito.

294

Seja moderado em suas avaliações

Cada pessoa tem pontos de vista de acordo com seus interesses e imagina ter motivos de sobra para tal. Com a maioria das pessoas, o discernimento dá lugar às preferências. Às vezes, dois oponentes têm visões completamente opostas e, ainda assim, cada um pensa ter a razão do seu lado; porém a razão é sempre fiel a si mesma e nunca tem duas caras. Nessas ocasiões, o homem prudente age com cautela, pois qualquer decisão a favor do oponente é capaz de lançar dúvidas sobre si mesmo. Nesse caso, coloque-se no lugar do outro e investigue as causas de sua própria opinião. Assim, não o condenará nem se justificará tão cegamente.

295

Não finja ter feito algo que não fez

Os que mais ostentam ter são os que menos têm. Com extrema negligência, transformam tudo em mistério:

camaleões dos aplausos, tornam-se motivo de riso geral. A vaidade é sempre questionável, porém, neste caso, é desprezível: parecem formiguinhas da honra, rastejando à procura de migalhas de conquistas. Quanto maiores as suas façanhas, menos você precisa fingir: contente-se em agir, deixe o falar para os outros. Ofereça seus feitos, mas não os venda. E não use penas de ouro para escrever na lama, ofendendo o bom senso. Prefira ser realmente um herói a meramente parecer um.

296
As nobres qualidades

Nobres qualidades fazem pessoas nobres: apenas uma delas já vale mais do que toda uma gama de medíocres. Já houve quem quisesse que todos os seus pertences, até mesmo os utensílios domésticos, fossem enormes. Um homem superior deveria perceber que as qualidades da alma são as únicas realmente grandiosas. Em Deus, tudo é certo e infinito; por isso o herói deve ser grande e majestoso, de modo que seus atos — e também suas palavras — sejam permeados por uma excelência transcendente.

297
Aja como se o estivessem observando a todo tempo

O homem atento nota que os outros o observam, ou observarão. Sabe que as paredes têm ouvidos e que as más ações retornam àquele que as cometeu. Mesmo sozinho, age como se os olhos do mundo estivessem sobre si. Tendo consciência de que, mais cedo ou mais tarde, tudo sempre é revelado, já considera como testemunhas aqueles que certamente o serão no futuro. Quem deseja ser visto por todos não se incomoda de ser observado pelos vizinhos.

298

Os três dons de um prodígio

Tais dons são as dádivas mais seletas da generosidade do Céu: um gênio fértil, um intelecto profundo e um gosto agradável e refinado. Refletir é uma boa qualidade, mas ainda melhor é a capacidade de raciocinar: eis a compreensão do bem. Não é adequado que o discernimento resida apenas no caráter, pois isso seria mais problemático do que útil. Raciocinar é fruto de uma natureza racional. Aos 20 anos, a vontade governa; aos 30, o intelecto; aos 40, o discernimento. Há mentes que brilham no escuro como os olhos do lince e se tornam mais claras quanto maior a escuridão. Outras se adequam mais à ocasião, sempre passíveis de acertos em uma emergência: pensam muito, e de forma precisa, uma espécie de felicidade nata. Em meio a tudo isso, o bom gosto sempre dá mais sabor à vida.

299

Deixe os outros famintos

Deve-se remover até o néctar dos lábios alheios. A demanda é a medida do apreço. Mesmo em se tratando da sede do corpo, é prova de bom gosto aliviá-la, sem a saciar. Bom e pouco é duplamente bom. Na repetição, tudo perde valor. O excesso de prazer sempre foi perigoso, diminuindo a força de vontade até daqueles mais elevados. A única maneira de agradar sempre é reavivar o apetite com a fome que ainda resta. Se você precisa instigar o desejo, é melhor fazê-lo pela impaciência da necessidade do que pela plenitude do prazer. A felicidade conquistada é felicidade em dobro.

300
Em uma só palavra: seja um santo

Ou, simplesmente, seja tudo a uma só vez. A virtude é o elo de todas as perfeições, o centro de toda felicidade. É ela que torna o homem prudente, discreto, sagaz, cauteloso, sábio, corajoso, atencioso, confiável, feliz, honrado, verdadeiro e um Herói universal. Três S formam a felicidade: a Saúde, a Santidade e a Sabedoria. A virtude é o sol do mundo e tem como hemisfério a consciência, tão bela que cai nas graças tanto de Deus como dos homens. Nada é tão encantador quanto a virtude, nada é tão detestável quanto o vício. A virtude é a única coisa verdadeira: todo o resto não passa de brincadeira. A capacidade e a grandeza de um homem devem ser medidas por sua virtude, e não por sua fortuna. Só a virtude basta, tornando os homens amáveis em vida e memoráveis após a morte.

Impressão e Acabamento
Gráfica Oceano